Dominação e Submissão Erótica Vol. 7

Erika Sanders
Serie
Coleção Dominação Erótica

Sinopse

Este volume contém três títulos BDSM românticos e eróticos de alto conteúdo.

- Somente amigos?:

É um romance de dominação CFNM (Vestida Feminina Nua Masculina - A Mulher Vestida com O Homem Nu) um tipo de dominação feminina.

Nancy e Bob são amigos há 20 anos.

Este é um momento difícil para Nancy.

Ela recebeu uma foto de uma amiga onde seu namorado é visto acompanhado por outra mulher.

Bobo está sempre lá para apoiá-la e confortá-la.

Bob percebeu que Nancy começa a olhar para ele de outra maneira, mais íntima?

Bob será dominado pelos desejos de seu amigo?

- Companheiras de quarto:

Vicky e Joyce são duas colegas de quarto da faculdade.

Vicky é magra e fraca, e Joyce é larga e forte.

Um dia Joyce está assistindo a um programa escandaloso na TV enquanto Vicky tenta estudar.

Vicky pede a Joyce para abaixar o volume da televisão, mas quando ela a ignora, ela tenta pegar o controle remoto.

Isso provoca o início de uma luta pelo controle remoto que termina em uma espécie de luta livre entre os dois.

Joyce vence na luta para Vicky finalizando-a e ...

- Depois da aula:

O protagonista desta história é uma professora de dança onde um casal muito bonito frequenta pela primeira vez.

Este casal é treinador de esqui, por isso tem corpos muito bem torneados e formas marcadas.

A professora de dança fica deslumbrada com a beleza erótica de Stella, a esposa recém-chegada às aulas.

Será que ele terá uma chance com ela um dia, quando ela aparecer sozinha, sem o marido, na aula?

Somente amigos?, Companheiras de quarto e **Depois da aula** são histórias com forte conteúdo erótico BDSM e, por sua vez, também pertencentes à coleção Dominação Erótica, uma série de romances com alto conteúdo BDSM.

(Todos os personagens têm 18 anos ou mais)

Nota do autora:

Erika Sanders é uma escritora internacionalmente conhecida, traduzida em mais de vinte idiomas, que assina seus escritos mais eróticos, longe de sua prosa usual, com seu nome de solteira.

Índice:

Sinopse

Nota do autora:

Índice:

SOMENTE AMIGOS? DOMINAÇÃO CFNM DE ERIKA SANDERS

CAPÍTULO 1

CAPÍTULO 2

CAPÍTULO 3

CAPÍTULO 4

CAPÍTULO 5

CAPÍTULO 6

CAPÍTULO 7

CAPÍTULO 8

CAPÍTULO 9

CAPÍTULO 10

CAPÍTULO 11

CAPÍTULO 12

CAPÍTULO 13

CAPÍTULO 14

CAPÍTULO 15

CAPÍTULO 16

CAPÍTULO 17

CAPÍTULO 18

CAPÍTULO 19

CAPÍTULO 20

CAPÍTULO 21

CAPÍTULO 22

CAPÍTULO 23

CAPÍTULO 24

CAPÍTULO 25

CAPÍTULO 26

CAPÍTULO 27

CAPÍTULO 28

CAPÍTULO 29

CAPÍTULO 30

FIM

COMPANHEIRAS DE QUARTO (DOMINAÇÃO ERÓTICA) DE ERIKA SANDERS

CAPÍTULO 1

CAPÍTULO 2

CAPÍTULO 3

CAPÍTULO 4
CAPÍTULO 5
CAPÍTULO 6
CAPÍTULO 7
CAPITULO 8
CAPÍTULO 9
FIM
DEPOIS DA AULA DE ERIKA SANDERS
CAPÍTULO 1
CAPÍTULO 2
CAPÍTULO 3
CAPÍTULO 4
CAPÍTULO 5
FIM

SOMENTE AMIGOS?
DOMINAÇÃO CFNM
DE
ERIKA SANDERS

CAPÍTULO 1

Nancy estava sentada no sofá com o coração batendo forte.

Mas ela ainda não estava chorando.

Sentado ao lado dele, Bob se perguntou se isso mudaria.

Ainda olhando para a maldita foto em seu telefone, Nancy perguntou a Bob:

"Você acha que os seios dela são falsos?"

"Não tão falso quanto as unhas dela", disse Bob, tentando manter as coisas o mais leves possível.

"Eles podem ser reais", disse Nancy, aproximando-se para ver melhor.

"Seus seios ou suas unhas?"

"Os seios dela. As unhas dela também podem ser reais. Você já notou as unhas da Julia? As dela são reais."

"Ok", disse Bob com um aceno de cabeça e encolher os ombros.

Ele não iria discutir com Nancy, não enquanto ela estivesse ocupada lidando com uma foto como aquela.

"Chris mandou essa foto para você?"

"Sim, mas por que Andy enviaria para Chris?" Nancy se perguntou.

"Direito de se gabar."

"Você acha que Chris tem fotos minhas em seu telefone?"

"Você já deixou Andy tirar fotos suas?"

Nancy bufou.

"Ele tentou fazer isso uma vez e eu tirei o telefone da mão dele."

"Bom para você", disse Bob, sorrindo com aprovação.

Bob havia explicado a ela há muito tempo por que nunca havia um bom motivo para deixar um homem tirar uma foto comprometedora dele.

Caras não podem guardar fotos desse tipo para si.

"Ela parece ser o tipo de garota que aparece em muitos telefones."

"Sim, ela parece uma verdadeira festeira", disse Nancy, ainda olhando para o telefone. "Talvez ela estivesse com ele em uma noite fora? Andy poderia ter estado bêbado ou algo assim."

"Talvez", Bob admitiu, ainda sem discutir com ela. "Você sabe o que acontece quando eu fico bêbado."

Nancy assentiu antes de abrir um buraco em sua teoria.

"Exceto que Andy não desmaia como você."

"Eu nem sempre desmaio", Bob reclamou.

"Não, mas é divertido quando você faz isso", disse Nancy com um sorriso.

Ela deu um tapinha no joelho dele e o deixou saber que ela estava apenas brincando.

"E eu não faço isso há anos."

"Ele é mais sexy do que eu?"

"De jeito nenhum", disse Bob.

"Você notou o bronzeado dela? É um bronzeado falso, para o caso de eu ver algum. E o cabelo dela? Quem tem mechas de baixo brilho também?"

"Tenho certeza que Andy não percebeu isso." Bob não percebeu.

"Ela provavelmente é uma prostituta atrevida."

"Sim é possível".

"Quer saber a parte irônica? Antes de Andy partir em sua viagem, decidi que seria fiel a ele o tempo todo até que ele voltasse."

"Ficar fiel é um problema para você?" ele perguntou, pensando nos anos desde que ele a conheceu.

Pelo que ela conseguia se lembrar, Nancy só tinha um namorado por vez.

Exceto quando Bob a conheceu pela primeira vez.

Nancy não tinha namorado quando foi transferida para o distrito escolar.

Ela era uma aluna magra do oitavo ano com aparelho ortodôntico, cabelo verde, gesso no braço esquerdo e nenhuma amiga no mundo.

Ela se sentou no único assento vazio do ônibus escolar, e foi por isso que se sentou ao lado de um garoto nerd que todos ignoravam.

Depois de se sentar, ela abaixou a cabeça para que seu cabelo verde cobrisse o rosto.

Bob teria se importado com sua vida, exceto que Nancy estava procurando algo para entrar em seus livros.

Sem pensar, ele a ajudou, e ela ganhou um sorriso agradecido e então sentiu uma sensação estranha dentro do estômago.

Naquele dia começou uma amizade que durou todos aqueles anos e o azar de Nancy.

Durante o verão, seu aparelho foi removido e seu cabelo voltou ao loiro natural.

Quando ela começou o ensino médio, Nancy havia se transformado em um lindo cisne e Bob se tornou seu melhor amigo geek, sempre pronto para ajudá-la enquanto Nancy se apaixonava por pessoas bonitas.

"Não acredito em relacionamentos à distância", explicou. "Você se lembra de Darry?"

Bob concordou.

Ela e Darry haviam sido o casal mais popular no ano passado.

"Eu terminei com ele porque não queria me preocupar com o que ele estava fazendo na faculdade."

"Ou o que você ia fazer na faculdade", Bob apontou.

Inferir o "estágio de prostituta" em sua frase rendeu-lhe um sorriso malicioso e um pequeno aceno de cabeça.

"Ficar fiel é mais fácil quando vocês dois podem se ver." Ele olhou para a maldita foto de Andy.

A mulher, quem quer que fosse, estava deitada de costas, sorrindo para a câmera.

Ela segurou os seios pressionados, envoltos em torno da ereção de Andy.

Gotas úmidas respingaram em seu pescoço e queixo.

Nenhum de nós teve que adivinhar a origem desses respingos de branco cremoso.

"Talvez devêssemos embebedá-lo e então eu posso tirar algumas fotos para enviar para Andy."

Bob empalideceu.

"Você deveria enviar fotos assim para seus amigos, não para seu namorado."

"Namorado?" Ela disse, franzindo a testa enquanto voltava para o telefone.

"Você deveria deletar essa imagem", sugeriu Bob.

Ela balançou a cabeça.

"Pelo menos pare de olhar para ela."

"Não consigo evitar", disse ele, parecendo muito triste.

A maneira como o cabelo dela caía no rosto o lembrava da garota magricela de cabelos verdes que ele conhecera em um ônibus escolar.

"Para."

Bob enfiou o cabelo atrás da orelha antes de colocar a mão no telefone e esconder a imagem.

Ela colocou a outra mão na dele.

"Você sabe que é meu melhor amigo, certo?"

"E você é meu."

Bob pegou o telefone dela e encheu suas mãos com as dele.

Por um longo momento, eles se entreolharam com olhos tristes.

Nancy ficou triste com o fim de seu relacionamento e Bob ficou triste com a perda de seu amigo.

"Se ele é importante para você, você pode continuar a ser fiel a ele até que ele volte para casa."

"Ou eu posso fazer isso", disse ela, avançando e pressionando os lábios contra os dele.

E não foi um beijo amigável.

CAPÍTULO 2

"WOW", disse Bob, recuando por um momento antes de cruzar uma linha que os amigos nunca cruzam.

"Isso foi bom", disse Nancy com um meio sorriso.

Ela apertou os lábios nos dele novamente, inclinando-se contra ele até que ele ficou preso entre ela e as costas do sofá.

Eles se beijaram até que seus lábios se separaram e suas línguas começaram a se acariciar.

Eles se beijaram por um longo tempo antes de Nancy ir embora.

Com os olhos arregalados, ela afagou os lábios molhados como se tivesse certeza de que realmente pertenciam a ela.

"Uau, você não deveria ser bom nisso."

"Porque não?" Bob perguntou, com uma sugestão de sorriso.

"Porque beijar você é como querer beijar meu irmão."

"Você não tem irmãos".

"Você entende o que quero dizer", disse ela, ainda surpresa. "Nunca devemos fazer isso de novo."

"Sim," ele concordou.

Amigos não se beijam e, se seus lábios se encontram, eles não abrem a boca para mais.

"Nunca mais depois desta vez", disse Nancy, colocando a mão atrás da cabeça dele e empurrando-o para outro beijo.

Novamente, seus lábios se separaram e suas línguas se encontraram.

Este beijo durou ainda mais do que o outro antes que ela se afastasse.

"Pare de ser tão bom nisso, você sabe que eu tenho um namorado!"

"Um namorado horrível que está te traindo."

"Talvez tenha sido apenas uma noite fora", ela bufou, sentando-se e cruzando os braços logo abaixo dos seios.

"Ou talvez Chris queira entrar na sua calcinha", disse Bob, apontando para parte da equação que eles não haviam discutido.

"Porque disse isso?"

"Por que mais eu compartilharia essa foto com você?" Bob perguntou a ele. "É sempre a namorada do seu amigo antes de uma gostosa, a menos que você queira aquela gostosa, e então é 'Foda-se meu amigo'.

"Você está me chamando de gostosa?"

"Nunca", prometeu Bob.

"Por que você não tem namorada, afinal?"

Bob ficou nervoso.

"Coisas da vida."

"Você é um cara ótimo. Você deveria ter mulheres alinhadas que querem namorar você."

"Exceto que as meninas gostam de meninos maus e eu não."

"Isso não é verdade," Nancy insistiu, embora seu tom soasse tão fraco quanto sua negação. "Bem, nem todas as mulheres e nem o tempo todo."

"Talvez você possa começar um boato sobre mim. Você pode dizer aos seus amigos que eu bebo muito bem e que tenho um grande pau."

"Grande, mas não muito grande", disse ele.

"Como sabes?" ele perguntou, ignorando o comentário frívolo.

E com um grande sorriso, ele fez uma oferta.

"Beije-me de novo e talvez eu mostre para você."

"Não é necessário, é visto." Nancy olhou para seu colo por um momento antes de se conter e voltar o olhar para o rosto dele. "Beijar-me está deixando você duro?"

"Como eu não poderia."

Nancy enfiou as pernas embaixo dela e se endireitou.

O olhar de Bob pousou em seu peito, percebendo e apreciando como sua nova posição acentuava seus seios.

"Digamos que nos beijemos de novo e você fique duro, vai realmente me mostrar?"

"Eu não sei, talvez", ele murmurou, tomando cuidado para não olhar para os seios dela novamente.

Com um sorriso malicioso, Nancy passou os dedos pelos cabelos de Bob.

"E se eu te deixasse muito, muito duro?"

"Eu acho ..." ele disse, procurando a resposta correta para um pensamento muito errado.

Bob reconheceu o leve estreitamento de seus olhos sobre seu sorriso brincalhão.

Ele havia passado muitos anos observando-a do outro lado da sala e sabia que não podia confiar naquela expressão em particular.

Ela deliberadamente olhou para o colo dele novamente antes de olhar para ele novamente.

"Aí nos beijamos, você fica duro, me mostra e é isso?"

"Se eu ficar duro, posso querer mais."

"Tecnicamente, ainda tenho namorado."

"Oficialmente, não sabemos."

"Mas eu não vou desistir de fingir ser sua namorada até que eu o veja novamente."

"Mas me beijar e me ver nua está bem?" Eu pergunto.

"Nua e dura", disse ela, lambendo os lábios e colocando a língua entre os dentes.

"E se eu quiser um orgasmo também?"

"Vou ver você dar um para você."

Bob riu.

"Isso também é permitido?"

"Nada disso é 'permitido'. E nada disso vai acontecer se você continuar falando sobre isso. Dê uma chance, Bobbie. Deixe ir e veja aonde vai, é tudo o que estou dizendo."

Bob olhou para seu amigo, seu melhor amigo, uma mulher que ele conhecia há mais tempo do que qualquer outra pessoa em sua vida.

Ele não sabia por que eles continuaram sendo melhores amigos, exceto que eles mantinham com segurança uma política objetiva entre si.

Eles sempre estavam lá um para o outro quando a outra pessoa precisava.

Ela conheceu todas as namoradas dele.

Ele conheceu todos os namorados dela.

Ele até contou a ela sobre seus poucos casos de uma noite.

O número deles era substancialmente menor que o dela.

Ele sabia que poderia perguntar qualquer coisa e ela lhe daria uma resposta honesta.

Sempre funcionou ao contrário também.

Ainda assim, havia apenas uma pergunta que eles nunca faziam um ao outro: por que eles não namoraram?

Ele sabia os motivos.

Ele não era bonito o suficiente.

Ele não estava dirigindo um carro novo chique.

Seu senso de moda raramente ia além de jeans e uma camiseta.

Ele estava economizando seu dinheiro em vez de gastá-lo em presentes luxuosos ou jantares sofisticados.

Ele não foi abençoado com uma língua astuta e a capacidade de seduzir com uma única linha bem falada.

Garotas como Nancy não namoravam geeks como ele e ele nunca pedira uma explicação.

Ele estava feliz por ser seu amigo, um amigo verdadeiro, sem condições.

"Ainda seríamos amigos se algo acontecer?"

"Talvez," ela disse, mostrando o mesmo sorriso brincalhão que ela tinha usado antes, o sorriso astuto que ela sabia que não podia confiar.

Ela o estava testando, forçando-o a pensar menos e agir mais.

"Eu te odeio", disse ele, puxando-a para mais perto e pressionando seus lábios contra os dela, recebendo um beijo dela em vez de reagir ao que ela havia iniciado.

Quando seus lábios se separaram, ele sabia que não poderia roubar algo oferecido gratuitamente.

Ele relaxou, liberando seus medos sobre o que aconteceria se seus lábios ficassem juntos.

Certo ou errado, isso estava acontecendo e ambos aprovaram.

CAPÍTULO 3

Um gemido suave passou da boca de Nancy para a dela e ela sentiu sua paixão aumentar.

Ele acariciou suas costas, deslizando a mão por seu pescoço e perdendo os dedos dentro da juba de seu doce cabelo loiro.

Nancy gemeu novamente, beijando-o com mais ternura enquanto Bob se perguntava o que fazer com a outra mão.

Ele a manteve segura em seu ombro, resistindo ao desejo de deslizá-la por seu peito e segurar seus seios.

Ele não arriscaria quebrar o feitiço que caiu sobre eles.

"Como vai?" ela murmurou, fazendo a pergunta com os lábios ainda em contato com ele.

"Bom," ele confessou, sentindo um pouco de vergonha quando seu beijo começou a fazer mágica em outros lugares também.

"Você está ficando duro?"

"Por que você não dá uma olhada?" ele perguntou, se contorcendo.

"Esse não é o nosso negócio", disse ele. "Só me beijando, lembra?"

"Devemos parar", ele murmurou, mantendo contato constante com a boca dela.

"Não", disse ela, colocando a mão atrás da cabeça dele e mantendo-o preso em seu beijo.

A pequena mão dela acariciou o lado de seu rosto e ele sentiu seu sangue ferver.

Isso era ruim, muito ruim.

Os amigos não devem beijar como aqueles que desejam ser amantes.

Ele não deveria ficar duro na frente dela.

Eles deveriam parar.

Ele a beijou novamente até que sentiu Nancy se afastar.

Ela olhou para o colo e perguntou:

"Isso é todo seu?"

"Parte é uma meia que enfiei na calça antes de você chegar."

Seus olhos se arregalaram de surpresa quando ele moveu o olhar para o rosto dela.

Ela não esperava sua saída humorística.

"Agora você vai ter que me mostrar, bobo."

"Não, não vou." Ele parou para provar sua doçura novamente.

Nancy se afastou.

"Mas você prometeu e já faz meses desde que vi um na vida real."

"Beije-me e eu vou", disse ele, acreditando que estava mentindo.

Ela deu a ele um olhar medido antes de beijá-lo novamente.

Ela tirou a mão do ombro dele e a colocou entre as pernas.

Ele sabia o que ela esperava.

Bob segurou a grande protuberância que apareceu dentro de sua calça jeans para obter mais atenção e lutou com a questão do certo ou errado.

Cada parte dele queria seguir em frente, exceto que as coisas mudariam para sempre entre eles se ele o fizesse.

Eles nunca poderiam voltar ao que eram.

Isso poderia quebrar uma amizade que durava uma década.

Ele não iria.

Não deveria.

Exceto que a paixão não reconhece os argumentos da razão.

Ele desabotoou o botão da calça jeans.

"Faça isso", ela murmurou. "Mostre-me."

Ela estava olhando?

Ele estava beijando com os olhos abertos, olhando além de sua bochecha e olhando para sua mão?

"Isso é muito ruim", ele se preocupou sem palavras, cutucando dentro da abertura de sua boxer e puxando sua ereção, expondo-a para o mundo inteiro ver, embora seu mundo apenas incluísse ela.

Nancy interrompeu o beijo e olhou para a masculinidade longa e dura em sua mão.

Ela sorriu de orelha a orelha, os olhos arregalados e o tipo de expressão que alguém ousaria reservar quando inesperadamente encontrasse uma celebridade favorita em uma loja 24 horas.

"Agora você a viu", disse ele, instantaneamente envergonhado e arrependido de sua decisão.

Ele começou a guardar para ela novamente.

"Mas eu também quero vê-la descer", ela insistiu, puxando com força o braço dele e evitando que ele se cobrisse.

"Pervertido", ele brincou.

"Assim?" ela perguntou, rindo com ele.

Nancy colocou os dois braços em volta do braço de Bob, segurando-o contra seu corpo enquanto ele lutava para refazer as calças.

Bob achou mais fácil despir-se com uma mão do que fazer o oposto.

Ele conseguiu enfiar sua ereção dentro da lapela de sua cueca e nada mais.

Sorrindo, eles se entreolharam, reconhecendo que estavam sendo tolos e gostando disso.

"Você deveria me beijar de novo."

"Você só quer me ver nua de novo."

"Provavelmente," ele admitiu, pressionando os lábios novamente.

Enquanto eles se beijavam, ela puxou a calça dele.

"O que você está fazendo?" ele perguntou, mantendo seus lábios perto dos dela.

"Eu quero vê-la novamente."

"Não", disse Bob, embora não parasse de puxar.

"Sim", ela insistiu, puxando o jeans até o meio da bunda.

Ela enganchou o polegar dentro do cós da boxer dele, forçando-a para baixo também.

"Nancy, por favor", ele implorou, pronto para ajudá-la ou impedi-la. "Não podemos".

Ela se afastou de seu beijo, olhou-o diretamente nos olhos e disse uma verdade muito simples:

"Não, não deveríamos, mas nada diz que não podemos."

CAPÍTULO 4

Bob piscou com força e tentou encontrar a falha em seu raciocínio.

Sua mente rápida e altamente analítica deu-lhe apenas um motivo.

"Você é mais importante para mim do que um orgasmo."

"Me sinto igual." Ela trabalhou com sua calcinha para baixá-la. "Então está bom."

"Porque nós somos amigos?" ele perguntou, cobrindo sua nudez com as duas mãos.

"Porque nossa amizade não vai deixar algo assim atrapalhar", disse ele, afastando uma das mãos. "Agora me dê um bom show."

Antes que Bob pudesse protestar, ela pressionou a boca contra a dele, deixando-o sem escolha a não ser gemer.

Se ele reclamou, ela não pareceu se importar.

Os beijos de Nancy eram mais profundos e apaixonados do que nunca.

Seu pau inchado ansiava por atenção.

Por que você não deveria ceder aos seus desejos?

Se isso era algo que ela queria, por que não deveria seguir?

Quem ele estava privando de um bom tempo?

Ele esfregou sua ereção várias vezes, Nancy gemeu e sabia que ela estava assistindo.

"Por favor, não pare", disse ela, interrompendo o beijo para dar uma olhada melhor.

"Não vou, exceto que tenho um problema." Ela olhou para ele confusa. "Sou destro", explicou ele, puxando o braço que ainda segurava contra o corpo.

"Desculpe," ele murmurou, colocando um braço em volta dos ombros dela enquanto ela o observava acariciar seu pau longo e duro.

Ele sentiu os seios dela contra seu braço e isso alimentou sua necessidade.

Por alguns momentos, ele observou antes de dizer: "Isso é muito sexy."

Ela o beijou de novo, não por muito tempo, mas tão profundamente.

"Eu nunca vi um menino fazer isso com ele."

"Eles também nunca me viram fazer isso", confessou ele, sentindo-se deslocado, como se estivesse quebrando muitos tabus de uma vez.

"Você não vai parar, vai?"

"Eu não estava pensando nisso." A ideia de parar antes do orgasmo nunca ocorreu a ela.

"Bom, porque eu quero ver. Eu quero ver você ter um orgasmo."

"Isso é loucura", ele murmurou.

"Mas é divertido, não é?" ela perguntou, acariciando sua coxa nua.

"Você pode ajudar se quiser."

"Não, eu só quero assistir", disse ele, embora mantivesse a mão na coxa dela.

Ela sabia que estava ajudando?

"Podemos nos beijar mais um pouco?"

Ela se inclinou e o beijou novamente.

Bob se recostou, relaxando e derretendo em seu beijo.

Nancy sempre esteve fora de alcance, muito bonita e socialmente bem conectada, impossível para alguém como ele.

Por mais que Bob sentisse pena dela, ele sabia que a amizade deles era tudo que ele teria.

Garotas como Nancy não namoravam caras geeks como ele.

"Estou chegando perto", ele gemeu, puxando a barra da camisa e expondo a barriga.

"Hm, eu amo seu estômago", disse ele, acariciando sua carne recém-descoberta.

"Especialmente esta parte." Ele fez cócegas na linha do cabelo que descia do umbigo até chegar aos pelos púbicos. "Você se exercita, certo?"

"Alguma coisa", ele gemeu, aproximando-se daquele limite irregular sem retorno.

Não era um rato de ginásio.

Seus treinos consistiam em cinquenta agachamentos e cinquenta flexões todas as manhãs, além de correr alguns quilômetros a cada dois dias.

Ele sabia que nunca seria o Adônis musculoso que ela merecia.

"Faça isso", ela ronronou, beijando-o brevemente. "Quero vê-lo."

Bob foi levado por um redemoinho alimentado pela luxúria, necessidade reprimida, desejos não expressos e felicidade por seu melhor amigo parecer feliz também.

Ele se rendeu à magia do momento, respirando fundo antes de seu orgasmo começar.

Seu pênis explodiu com a alegria da liberação, atirando e borrifando uma mecha longa e grossa de seu esperma quente e branco por mais tempo do que ele esperava.

Seu esperma então espirrou em sua camisa enrugada, caindo em seu peito.

Cada botão seguinte seguiu o mesmo caminho com a mesma extensão até que uma longa linha de umidade branca leitosa conduziu de seu peito à cabeça de seu pênis duro.

"Oh merda, isso é sexy!" Nancy gritou, saltando de alegria. "Isso pode ser a coisa mais sexy que eu já vi! Obrigado!"

Ela começou a espirrar em seu rosto mais beijos em rápida sucessão, tantos que foi divertido para os dois.

"Então foi divertido?" ele perguntou, deliberadamente entendendo a reação dela.

"Isso foi incrível!" ela gritou antes de fazer algo que ele não esperava.

Ele pegou um punhado de sêmen de seu estômago e colocou em sua boca.

"E é saboroso também."

"Você está tentando me fazer fazer isso uma segunda vez?"

"Você está brincando?" Ele riu, pegando sêmen com outro dedo e alimentando-o. "Viu? É delicioso, não é?"

"Uau," ele disse com um olhar surpreso. "Então isso simplesmente aconteceu."

"O quê? Você nunca provou a si mesmo?" ela perguntou, correndo o dedo por uma poça de esperma como se estivesse pintando com os dedos.

"Você sim?"

"Eu faço isso o tempo todo", disse ele, rindo. "Mas eu gosto mais dos meninos, eles sabem melhor." Ele lambeu o dedo antes de voltar para mais.

"Posso me vestir agora?"

"Talvez", disse ela, embora não se afastasse dele.

Em vez disso, ela o manteve empurrado contra o sofá enquanto brincava com a bagunça em seu estômago e olhava para sua masculinidade.

"Alguém já te disse que você tem um grande pau?"

"Não que eu me lembre."

"Bem, você tem e é ótimo também."

"Grande, mas não muito grande", disse ele, repetindo suas palavras anteriores.

Ele se desculpou.

Momentos depois, ele voltou limpo e vestindo uma camisa nova.

Ele se jogou ao lado dela no sofá e eles trocaram sorrisos inseguros.

"Estamos bem?"

Ela assentiu.

"Ainda melhores amigos, eu preciso ir embora."

"Por causa do que aconteceu?"

"Não, porque eu tenho que trabalhar de manhã e está ficando tarde", disse ela, roçando os lábios nos dele antes de se levantar. "E talvez eu precise me divertir um pouco sozinha."

"Você se aqueceu", disse ele, seguindo-a até a porta.

"Provavelmente," ela admitiu, parando para olhar para ele de cima a baixo antes de abrir a porta e sair.

CAPÍTULO 5

Nancy sugeriu almoçar em uma lanchonete de fast food.

Bob reconheceu que havia nomeado sua comida favorita.

Ela o cumprimentou na porta com um grande sorriso que ele não esperava.

"Sinto muito", disse ela depois de olhá-lo de cima a baixo e antes de lhe dar um beijo educado na bochecha. "Eu estava pensando sobre a noite passada."

"Ainda estamos bem?" Eu pergunto.

"Claro", disse ela. "Você nunca pode me beijar novamente. Você é perigoso."

"Eu?" ele zombou, rindo. "Você começou!"

"Talvez," ela permitiu, fazendo uma pausa para fazer seu pedido.

Eles pegaram as xícaras, visitaram a estação de bebidas e se sentaram a uma mesa longe de todos.

"Tudo bem se ainda falarmos sobre Andy?"

"O que você quiser," ele a assegurou.

"Você acha que é errado eu ainda sentir falta dele?"

"Realmente não." Ele encolheu os ombros. "Você está com ele há quase um ano. Acho que você deveria sentir falta dele."

"Mas ele está me traindo", disse ela, desempenhando seu papel de piorar.

"Poderia ter sido um caso de uma noite."

"E se não fosse assim?"

"E se fosse?" ele perguntou, bancando o advogado do diabo para ela.

Eles pararam de falar quando um funcionário entregou a comida.

"Você se sente culpado pela noite passada?"

"Por quê? Nada aconteceu. Quero dizer, não realmente, você entende?"

Bob concordou.

Mas não era assim para ele.

"Não fizemos nada", Nancy insistiu. "Quero dizer, claro, nós nos beijamos, mas e daí?"

"Você acha que Andy aprovaria?"

"Foda-se," Nancy reclamou. "Eu não te beijei por causa do que Andy está fazendo." Ele deu uma mordida na comida. "E estou feliz por ter beijado você. Você é um beijador incrível."

"Certifique-se de contar aos seus amigos", brincou Bob.

"Posso te contar o resto também?" Nancy perguntou, mostrando um sorriso novamente.

"Você pode querer guardar essa parte para você."

"Você se arrepende?"

"É estranho saber que você me viu assim."

"Eu gostei", ela insistiu com um brilho brincalhão nos olhos. "Eu quero fazer isso de novo."

"Exceto que você tem um namorado."

"Eu ainda posso assistir, certo?"

"Acho que sim", disse Bob, rindo.

"E se eu quisesse fazer mais do que apenas assistir?"

"Tentador, exceto que você ainda tem um namorado."

Nancy inclinou a cabeça, pensando por um longo momento antes de empurrar o prato vazio para longe.

"Vê? Bem aí, é por isso que eu te amo tanto."

"Porque eu sei que você tem namorado?"

"Porque isso significa algo para você."

"Só não teste muito essa teoria", alertou ele, com sinceridade.

"Eu devo encontrar alguns amigos do trabalho para uma bebida esta noite, você pode vir comigo?"

"Parece que você está me chamando para sair", disse Bob.

"Na verdade, espero que você me proteja de Chris. Porra, ele está ficando irritado. Ele está me perseguindo desde que Andy foi embora e só está piorando."

"Ele está realmente quebrando o Código do Amigo."

Um pensamento irritante ocorreu a Bob, que ele queria manter para si mesmo, mas não podia.

"E se Chris já tivesse aquela foto do Andy no telefone? E se fosse antes de Andy começar a namorar você?"

"Não brinque!" Disse Nancy, pegando seu telefone e abrindo a maldita imagem mais uma vez.

Ele espalhou a imagem e estudou seus detalhes.

Infelizmente, não havia muitos detalhes para ver além de Andy, seu par e a cama.

"Estou ficando cansado de olhar essa foto", reclamou.

Finalmente, ela parou de examinar e exibiu um olhar vitorioso no rosto enquanto apontava para a pasta na mesa de cabeceira.

"Essa é a mesma pasta que me deram quando fiz aquele treinamento no ano passado."

"Então, acho que é verdade", disse Bob, sentindo-se mal pelo amigo enquanto observava o desapontamento substituir o prazer de seu lampejo de descoberta. "Desculpe. Eu não deveria ter apontado isso."

"Não, está tudo bem", disse ele, olhando para a foto inteira novamente. "Você estava tentando defender Andy, não jogá-lo debaixo do ônibus."

"Sim, estou apenas sendo estúpido assim."

"Não é ser estúpido, isso se chama amigo. Eu te beijaria, exceto ..." ela parou, sem terminar sua sugestão.

"Exceto que você tem um namorado."

"Na verdade, eu ia dizer: exceto talvez eu não queira parar."

"E você tem namorado", Bob insistiu.

"Só por mais algumas semanas", disse ele, guardando o telefone. "Então, você vem beber comigo esta noite?"

"Você confia em mim o suficiente para isso?"

Ela riu.

"E você confia em mim? Talvez eu queira ver você nua de novo."

"Você quer me irritar."

"Talvez", disse ele com uma piscadela divertida. Bob gostaria de poder entender o que aquela piscadela significava. Ele estava jogando ou flertando?

CAPÍTULO 6

Por causa das aparências, Bob dirigiu até o local sem se oferecer para pegar Nancy para ela.

Eles eram amigos e nada mais, mas outras pessoas tinham dificuldade em entender a diferença.

Pelo mesmo motivo, Bob se atrasou um pouco.

Caminhando pelo local, ele observou a cena.

Amigos do local de trabalho de Nancy ocuparam o espaço central ao redor do bar.

Ele viu rostos que reconheceu de encontros semelhantes.

Ele também sorriu de volta para as pessoas que o reconheciam vagamente.

Ele viu Any e Julia sentados em uma cabine e sabia que Nancy não estaria longe de seus dois amigos.

"Prumo!" Qualquer gritou assim que ela viu.

Ela saltou da cabine e deu-lhe um grande abraço.

"Nancy disse que você estaria aqui."

"Eu estou, mas onde ela está?" Ele perguntou, trocando abraços e beijos no ar com as duas mulheres.

"No bar, ao lado de Chris", disse Julia. "Ele está trabalhando duro."

"Então eu escutei", disse Bob. "Ela me pediu para bloquear seu pau."

"Você é um bom amigo", qualquer um disse com um olhar de admiração em seus olhos. "Nós mesmos tentamos, mas Chris simplesmente nos nocauteou."

"Acho que ele mostrou a ela outra foto", Julia ofereceu.

"Eu não entendo isso. Por quê?" Qualquer disse.

"Oh, eles são caras. Eles eram da mesma fraternidade na faculdade, então eles são próximos."

"Acho que sim", Bob admitiu, percebendo que Julia estava se referindo a um mundo que ela nunca entendeu.

Ele aceitou seu lugar na vida como um geek cercado por amigos em sua maioria geeks.

Uma vez, Nancy o acompanhou a uma festa em seu trabalho e riu ao ver tantas pessoas magras de óculos em uma sala.

Bob se aproximou do bar, junto com seu amigo.

"Olá", disse ele.

Ele acenou para Chris.

"Oi bonito!" Nancy deu um grande sorriso antes de beijar sua bochecha.

Por cima do ombro, ele viu Chris avaliá-lo sem obter informações suficientes para chegar a uma conclusão válida.

"Julia está sentada em uma mesa", disse Nancy, agarrando sua mão e puxando-o para longe.

Assim que eles estavam fora do alcance da voz de Chris, ela explicou:

"Eu disse a Chris que estava esperando por você para que pudesse ir embora sem que ele ficasse chateado."

CAPÍTULO 7

Eles passaram uma hora bebendo e rindo, especialmente sobre o olhar atento que Chris mantinha no quarteto.

Bob se divertiu, bebeu uma cerveja e a fez durar.

Nem Nancy nem Julia mostraram a mesma restrição.

"Presumo que você seja o motorista designado?" Bob perguntou a Qualquer.

"Sim", disse ele com um suspiro.

Quando Julia ficou bêbada, ficou mais interessada em Bob.

Era um padrão que ele já havia repetido antes daquela noite.

"Você é tão fofo", disse ela, pendurada em seu braço.

Bob pediu ajuda a Nancy.

Embora Julia fosse bonita, ela era pegajosa e um pouco boba, duas características que a desanimavam.

"Você pensa?" Nancy lançou. "E ele também beija bem."

"Eu pensei que vocês dois eram apenas amigos?" Julia perguntou, confusa.

"Melhores amigos", disse Nancy. "Você tem sorte de eu já ter um namorado."

"Um namorado?" Alguém disse, abrindo os olhos. "Chris lhe mostrou outra foto?"

"Ele me mostrou um monte de fotos. Aparentemente, ele tem uma coleção inteira de outras mulheres que Andy tem enviado para ele."

"Que pervertido!" Qualquer um disse, ecoando as opiniões de todos os outros à mesa.

"Malditos garotos da fraternidade", Julia acrescentou antes que as três mulheres ficassem furiosas sobre como quase todos os meninos eram idiotas e indignos deles.

"Veja o que acontece se você não respeitar a nossa garota?" Qualquer perguntou a Bob.

"Eu nunca faria isso", disse ele confuso. "Além disso, somos apenas amigos."

"Uh-huh", disse Julia, abrindo os olhos. "Amigos que se beijam."

Apesar do discurso anti-homem que eles tinham acabado de terminar, ele se aproximou novamente com Bob.

"Quero ser sua amiga."

"E ele tem um pau grande", ofereceu Nancy.

Seus amigos aplaudiram aquele pedaço de informação com gritos e uivos alimentados pelo álcool.

"Devo perguntar como isso sabe?" Julia perguntou.

"Provavelmente não", disse Bob, sentindo-se muito desconfortável com a direção da conversa.

"Ele me mostrou", anunciou Nancy, atraindo os olhares surpresos de seus amigos. "Nada aconteceu. Bem, não realmente."

"Meu Deus, ela fica vermelha!" Qualquer gritou, apontando para a situação de Bob.

"Ok, eu quero detalhes," Julia exigiu.

Bob olhou para Nancy.

Ele os havia metido nisso, ele poderia tirá-los disso também.

Exceto que Nancy não estava interessada em fazer isso.

"Vá em frente, diga a eles."

Com os olhos arregalados, Bob balançou a cabeça.

De forma alguma ele poderia explicar o que havia acontecido.

"Bom", disse ela, terminando sua cerveja.

Sua história era uma mentira descarada.

"Nós ficamos muito bêbados uma noite, ele perdeu uma aposta e eu o fiz mostrar para mim."

"Foi difícil?" Qualquer perguntou.

"É realmente grande?" Julia quis saber.

"Grande, mas não muito grande", disse Nancy, rindo. "Sim, lindo".

"Fofa?" Bob perguntou, sem saber se era uma boa palavra para descrever o pau de um homem.

"Sim, é," ela insistiu. "Você deveria se barbear, no entanto."

"Eu adoro quando um homem se barbeia lá", disse Any, aceitando a mentira de Nancy sem hesitar.

"Eu também," Julia concordou. "Por que eles deveriam esperar que nós barbeamos lá se eles também não o fazem?"

"Vou manter isso em mente na próxima vez", disse Bob, fazendo uma nota mental para quando um novo relacionamento começou.

"Posso ver você fazer isso?" Perguntou Nancy.

Bob continuou jogando.

"Seguro."

"Você poderia trazer um amigo?"

"Quanto mais, melhor", disse ele.

Certamente ela estava brincando.

"Eu não pude ir. Tenho namorado", qualquer um reclamou.

"Eu também," Nancy apontou.

"Só que ela tem um namorado de verdade", Julia apontou.

Bob tentou encerrar o jogo anunciando: "Não vou fazer a barba lá esta noite".

"Que tal eu fazer isso?" Julia ofereceu. "Eu costumava ser cabeleireira, então sou muito boa com navalhas e barbeadores."

"E eu não vou deixar uma garota bêbada fazer isso", ele insistiu.

"Tudo bem, então vamos ver você fazer isso", disse Nancy, torcendo as palavras.

Ela pediu uma decisão à amiga.

"Assistir ele se barbear não é o mesmo que trapacear, não é?"

"Não se compara ao que Andy provavelmente fará esta noite", disse Any.

"Ai", disse Bob, percebendo que Nancy fez uma careta.

Seu coração estava com ela.

Ela merecia alguém muito melhor do que Andy (ou Chris).

"Eu sinto muito," Any disse rapidamente, se desculpando com a amiga.

Nancy deu de ombros antes de jogar o resto da cerveja na garganta.

Ele deu um arroto longo e alto seguido por um sorriso muito satisfeito.

"Alguém me pediu outra bebida."

Ele se levantou e foi ao banheiro.

Julia e Any a seguiram.

CAPÍTULO 8

Bob pediu cervejas para duas das três meninas e olhou para o telefone.

Ele olhou para cima para ver Chris parado na frente da mesa.

"Você sabe que não tem chance com ela?" Perguntou Chris.

"Desculpe?" Bob perguntou de volta, confuso.

"Você sabe de quem estou falando", Chris estava furioso. "Ele não gosta de geeks ou monstros."

"Somos apenas amigos", respondeu Bob, supondo que Chris estava se referindo a Nancy.

"Continue assim", disse Chris antes de retornar ao seu lugar no bar.

Bob teve alguns momentos para considerar as palavras de Chris.

Ele nunca se preocupou com agressores ou sendo intimidado.

Quando as meninas voltaram, apenas duas das três se sentaram novamente.

"Aconteceu alguma coisa", disse Any, de pé na ponta da mesa. "Você acha que pode levá-los para casa?"

"Claro que pode", disse Nancy, respondendo por ele. "Você não se importa, não é?"

Bob sentiu que estava sendo manipulado, mas deu a mesma resposta que daria sem suspeitar que algo mais estava acontecendo.

"Não me importa".

"Obrigado," Any disse, inclinando-se e beijando-o na bochecha.

"Se bom!" Ela disse antes de sair.

"Você não vai tomar outra bebida?" Julia perguntou a ele.

"Não, sim, já que vou dirigir."

"Bob tem medo de beber muito porque pode desmaiar", disse Nancy, apresentando outro motivo pelo qual ele deveria ter cuidado com o álcool.

"Isso só aconteceu uma vez", ele a lembrou.

"Eu sei, mas garanto que foi divertido."

"Foi nessa hora que você o viu nu?" Julia perguntou, recostando-se em Bob.

"Uh-huh", Nancy confirmou com um sorriso tão grande e encantado que Bob se perguntou se havia alguma verdade em sua mentira anterior.

Quando o balconista voltou para outro pedido de bebida, Julia recusou.

"Mas ainda é cedo."

"Eu tenho bebida alcoólica em minha casa", disse Julia antes de abrir um grande sorriso. "E todas as minhas ferramentas de corte de cabelo."

"Devemos ir", Nancy insistiu, com um grande sorriso.

Bob presumiu que tudo havia sido preparado.

Em vez de protestar ou discutir, ele jogava suas cartas.

Ele liderou o caminho para seu carro.

"Isso é seu?" Julia perguntou, maravilhada com a antiguidade vermelha brilhante que brilhava sob as luzes do estacionamento.

"Sim", Bob assegurou-lhe, abrindo a porta do lado do passageiro de seu Mustang clássico.

Ele não se preocupou em explicar que era como um investimento, um carro que ele poderia dirigir sem perder valor.

Nancy sentou-se no banco de trás, permitindo que Julia se sentasse na frente.

Quando Bob se sentou ao lado dele, ele percebeu que Chris estava do lado de fora da sala.

Bob sorriu e acenou.

CAPÍTULO 9

Julia morava perto, mas falava o tempo todo que eles demoravam para chegar.

Nem Bob nem Nancy conseguiram dizer uma única palavra em seu monólogo.

Ele estacionou na frente de seu apartamento estilo casa e seguiu as meninas para dentro.

"Não acredito que vamos mesmo fazer isso", Julia disse enquanto se atrapalhava com a fechadura.

"O mesmo aqui ..." Bob disse, franzindo a testa para Nancy.

"Vamos, vai ser divertido", disse Nancy, parecendo animada.

O apartamento de Julia combinava com sua disposição alegre.

Sua mobília incluía grandes estampas florais.

Rosa e rosa profundo eram claramente suas cores de destaque favoritas.

Enquanto preparava algumas bebidas, Bob sussurrou para Nancy:

"Tudo o que está faltando aqui é uma dúzia de gatos."

Bob tomou um gole de sua bebida, provou que era principalmente álcool e deixou-o de lado.

Nancy observou que as montanhas-russas incluíam pegadas de gatos.

"Eu deveria pegar minhas coisas", Julia disse animadamente correndo escada acima.

"De jeito nenhum eu vou fazer isso", disse Bob a Nancy.

"Nem mesmo para mim?" ela perguntou, aconchegando-se ao lado dele no sofá.

Ela pressionou o peito contra o braço dele e esfregou a coxa.

"Você está falando sério?" Bob perguntou, surpreso com sua franqueza. "Quão bêbado você está?"

"Bêbada o suficiente", disse ela, virando o rosto para ele e dando-lhe um beijo rápido.

"Nancy, por favor", Bob implorou, contorcendo-se desconfortavelmente.

"Vamos," ela insistiu, dando-lhe outro beijo enquanto tentava desabotoar suas calças.

"De verdade?" ele perguntou, surpreso com a antecipação dela. "Não tem namorado?"

"Nada vai acontecer. Na verdade, não." Ela deu-lhe outro beijo. "Eu só quero me exibir."

"Talvez eu não queira me gabar", disse Bob, perguntando-se por que Julia estava demorando tanto lá em cima.

Eu não deveria interrompê-los agora?

"Por favor, que cara não quer ficar nu com duas garotas e ver o que acontece?"

"Você também vai se despir?"

"Talvez," Nancy sugeriu, pressionando os seios contra o braço dele.

Bob sentiu sua força de vontade enfraquecer.

"Posso descer agora?" Julia chamou do topo da escada, quebrando o momento.

"Idiota," Nancy murmurou.

Bob deu uma risadinha.

"Você também pode esconder seu alívio", disse Nancy, afastando-se de Bob.

Suavemente, ela disse a ele: "Você não está fora de perigo ainda."

Com uma bolsa rosa com cordões pendurados, Julia parecia confusa.

"Mas ele não está nu."

"Sim, eu me pergunto por que...". Nancy suspirou. "É quase como se alguém nos tivesse interrompido."

Julia parecia confusa em vez de lamentar por não deixar seu plano funcionar.

"Você é tímido?" Ela perguntou a ele.

"Algo assim", disse ele.

Julia pediu ajuda a Nancy, mas não a encontrou e resolveu resolver o problema por conta própria.

Abaixando a bolsa, ela montou as pernas de Bob apoiando-se nos joelhos.

"Você não vai sair daqui antes de terminarmos de fazer um checkup."

"Não vou deixar uma garota bêbada se aproximar de mim com instrumentos afiados", explicou.

"Primeiro, não estou tão bêbado. E, segundo, se eu estivesse sóbrio, não estaria fazendo isso."

"Você deveria beijá-lo", sugeriu Nancy. "Ele beija muito bem."

Julia segurou o rosto de Bob e testou a sugestão de Nancy.

Seus beijos eram bons, mas não eram tão surpreendentes quanto os beijos de Nancy.

Os beijos de Julia pareciam desleixados em comparação.

Bob se ajustou e a beijou de volta sem oferecer a língua.

Saber que Nancy estava olhando para ele o envergonhou.

"Por que estás a corar?" Julia perguntou, notando seu rosto vermelho quando ela se afastou.

"Eu não sei", ele murmurou.

"É emocionante ver você beijá-lo", disse Nancy, sorrindo amplamente. "Faça isso novamente."

Julia deu outro beijo dele.

Enquanto se beijavam, Nancy levou uma das mãos de Bob ao peito de Julia.

Julia gemeu e seu beijo se aprofundou assim que sua mão pousou em seu peito.

"Mm, quente", Nancy ronronou, pressionando contra o braço de Bob novamente.

Quando Julia se afastou, Nancy virou a cabeça de Bob e deu outro beijo nela.

Ele beijou Nancy enquanto apalpava Julia e sua cabeça girava.

Ele se sentia bêbado sem beber enquanto seu corpo apreciava a emoção dessas duas mulheres beijando-o.

"Alguém está ficando duro", Julia anunciou, contorcendo-se contra a protuberância que crescia dentro de sua calça.

"Eu quero ver", disse Nancy, olhando para o corpo de Bob.

"Eu também", disse Julia, inclinando-se para outro beijo.

Enquanto seus lábios estavam ocupados, suas mãos também.

Ela desabotoou a frente da calça enquanto Bob explorava seu peito.

Alcançando dentro de sua camisa, ele encontrou os ganchos em seu sutiã e habilmente abriu o zíper.

Quando as mãos dela voltaram para a testa, ele alcançou sob o sutiã frouxo e segurou seus seios nus.

Ela encontrou mamilos rígidos e cedeu instantaneamente.

Julia abriu a calça e puxou-a dos quadris.

"Ajude-me", disse ele a Nancy, beijando Bob imediatamente de novo.

Quando suas línguas se encontraram, ele sentiu Nancy puxando e tirando suas calças até que ela ficou sem nada.

Julia interrompeu o beijo novamente, desta vez para que ele pudesse puxar a camisa pela cabeça, deixando-o nu e duro.

"Oh, uau", disse ela, colocando-se entre eles e envolvendo a mão em torno de seu pau duro.

"Viu? Grande sem ser muito grande", disse Nancy, de volta ao sofá e observando a ação.

Julia manteve as mãos entre as pernas, tocando e acariciando a dureza de Bob enquanto se beijavam.

Bob empurrou a blusa dela, na esperança de removê-la para que ele não fosse o único nu.

"Não", disse Julia, afastando as mãos. "Só tu."

"Bem, isso é injusto", disse Bob, olhando para Nancy em busca de ajuda que não obteve.

"Por que não? O que há de errado em ficar nu para nós?"

"É constrangedor", disse Bob, frustrado e sentindo-se muito vulnerável.

"Eu gosto", Nancy insistiu.

"Eu também," Julia ofereceu, escorregando de seu colo e pegando sua bebida.

Seus olhos nunca o deixaram quando ele tomou um pequeno gole.

"Mas você está certo, nós realmente vamos equilibrar as coisas um pouco."

"Que queres dizer?" ele perguntou, lutando contra o desejo de esconder sua dureza.

Como ele poderia estar nu, claramente excitado e ainda parecer natural?

"Ela tem um corpo ótimo", disse Julia, enfiando a mão na blusa e puxando o sutiã sem tirar a camisa.

Seus mamilos ainda pareciam duros.

"Não é assim?" Nancy respondeu como se Bob não pudesse ouvi-los.

"Por que você não está transando com ele?"

"Porque somos amigos", explicou Nancy, como se isso fosse explicação suficiente.

"Foda-se serem amigos", disse Julia, olhando para Bob. "E qual é a sua desculpa?"

"Porque somos amigos", disse Bob, dando de ombros.

Então ele acrescentou:

"E ela sempre tem um namorado."

"Vocês dois estão ferrados", disse Julia, balançando a cabeça enquanto pegava sua bolsa.

"Vamos começar. Venha comigo para a cozinha."

Bob lutou contra a vontade de pegar suas roupas e correr com elas.

Mas andar pela casa de Julia nua e dura parecia estranho.

"Você tem uma bunda linda", disse Nancy, seguindo-o.

Ela beliscou seu traseiro nu.

"Chega", disse ele, pulando e rindo.

CAPÍTULO 10

Julia alinhou seu kit de higiene no balcão, conectando a navalha na tomada.

Ele puxou uma cadeira e se sentou.

"Ok, garoto nu, fique aqui."

Ela apontou para a sua frente.

Com um sorriso melancólico, ela acariciou seu pau duro várias vezes antes de olhar para ele e perguntar:

"Qualquer pedido?"

"Não sei", respondeu ele, olhando para Nancy em busca de uma sugestão.

"Totalmente depilado funcionaria para mim", disse Nancy, encostando-se no balcão para poder olhar.

Ele tinha um grande sorriso e parecia muito feliz.

"Isso é o que eu estava pensando também", disse Julia, ligando a navalha, segurando sua ereção dura para um lado e puxando a navalha em linha reta.

Assim que ele começou a trabalhar, seu comportamento mudou e ele começou a se parecer com todos os cabeleireiros que Bob visitava com seu fluxo constante de conversa.

"Eu costumava fazer isso com meu último namorado o tempo todo. Ele também gostava de depilação total. Mesmo depois que terminamos, eu queria que ele continuasse fazendo, mas não fiz depois. Quer dizer, por que deveria? Por que eu iria querer? Raspar para outra garota? Isso é loucura. Eu fiz isso uma vez, só porque estava quente, mas nada aconteceu. Eu tinha um pau bonito, mas não tão bom quanto o seu. Eu realmente gosto de como o seu é macio. Muitos caras Eles têm aquelas veias muito grandes e salientes quando ficam duros e são bonitos e tudo, exceto o seu é mais bonito ... "

Bob olhou para Nancy, que observava atentamente a ação ao redor de seu pau duro.

Um momento se passou antes que ela erguesse os olhos e encontrasse seus olhos.

Ele olhou para ela e ela entendeu exatamente o que ele quis dizer.

"Nunca", respondeu ela, respondendo à sua pergunta silenciosa sobre se Julia alguma vez calou a boca.

"Ovos são complicados", disse Julia, alheia a tudo que não fosse seu trabalho. "Olha, você tem que alisá-los para poder apará-los sem cortes."

Ela acariciou o saco de bolas de Bob, aparentemente inconsciente de como o zumbido da navalha contra suas bolas excitou tanto quanto seus golpes ternos.

Em vez disso, ela continuou divagando.

"Eu também me ofereci para fazer isso para o namorado de Any, mas ela não achou que fosse uma boa ideia. Não sei por quê. Não é como se eu estivesse fazendo um boquete nela ou algo assim."

"Parece mais uma punheta", injetou Bob.

"Espere até eu chegar à parte do creme de barbear", disse Julia, batendo na parte interna dos pés de Bob.

Ele entendeu que ela queria que ele ampliasse sua posição.

Pegando suas bolas, ela passou a navalha na área abaixo e atrás de suas bolas também.

Ela colocou a navalha de lado, demorando para desligá-la e jogá-la na bolsa antes de pegar uma tigela de navalha.

Ele acrescentou um pouco de pó, um pouco de água e usou um pincel de barbear antiquado para fazer uma espuma cremosa.

Usando o pincel, ela pintou espuma ao redor de seu pênis duro, através de suas bolas e entre suas pernas também.

Recostando-se na cadeira, ela olhou para ele preocupada.

"Você não vai gostar do que tenho que fazer a seguir."

"Por quê? O que você vai fazer?" ele perguntou, agora preocupado.

"Bem, eu preciso me barbear atrás do seu pau e você está realmente duro."

"Assim?"

"Então, eu preciso que você não seja tão duro para que eu possa me barbear lá."

"Não que eu possa controlar isso", disse ele.

"Eu sei, mas é importante, então você terá que confiar em mim", disse ele. Bob não fez isso, embora tenha se mantido firme. "Eu prometo que vou compensar você."

"O que você vai compensar comigo?" Eu pergunto.

Sem mais advertências, Julia beliscou o feixe de nervos sensível logo abaixo da cabeça de seu pênis, aquele ponto marcado no pênis de um homem para a circuncisão.

Ela beliscou exatamente aquele local e ele se contorceu, surpreendendo-o com um choque instantâneo de dor mais incrível do que ele poderia ter imaginado.

"Deus!" ele rugiu, se afastando e olhando para ela como se ela fosse o mais malvado dos super-vilões.

Sua excitação desapareceu instantaneamente e seu outrora orgulhoso membro afundou.

"Tive um terapeuta sexual que me ensinou isso", explicou Julia a Nancy, que parecia igualmente mortificada. "Ele disse que era uma boa maneira de ajudar um homem que sofre de ejaculação precoce. Você o deixa chegar perto do orgasmo e depois o belisca para perder a emoção."

"Isso dói como o inferno", disse Bob, ainda se recuperando de um súbito golpe de dor e não confiando mais em Julia.

"Eu sei, baby," Julia arrulhou. "Mas eu prometo compensar você."

"Quão?"

"Volte aqui e veja", disse ela, puxando-o para mais perto.

Com uma navalha na mão, ela habilmente coçou a barba por fazer que estaria escondida atrás de seu pênis inchado, incluindo os poucos pelos que cresceram em seu membro.

"Pronto, agora você pode ficar duro de novo."

"Acho que não quero", disse ele, ainda zangado e desconfiado.

"Não, realmente", disse ela, acariciando seu pênis. "Eu preciso que você fique duro para o resto disso. É mais fácil fazer suas bolas se você for forte."

Embora sua mão se sentisse bem deslizando ao longo de seu comprimento, não foi o suficiente para mudar a direção de sua ereção.

Estar nu na frente deles já tinha sido embaraçoso o suficiente, mas aquela grande dor inesperada quebrou o encanto.

"Acho que posso fazer o resto em casa."

"Não seja assim", disse Nancy, afastando-se do balcão.

Ela envolveu um braço em volta do pescoço dele e trouxe seu rosto perto do dela para um beijo.

À medida que o beijo se prolongava, as carícias de Julia começaram a ficar mais atraentes até que o pênis de Bob estava mais uma vez a todo vapor.

"Porra, eu gosto de parecer durona", disse Nancy, recuando para se encostar no balcão.

"Obrigada", disse Julia, voltando a trabalhar nisso e retomando sua conversa estúpida. "Meu namorado também não gostou dessa parte. Ele sempre teve que chupar forte depois. Aí percebemos que poderia ter evitado a dor da última parte. Então ele costumava raspar em todos os lugares em que podia estar duro, ele chupava , ele veio, e então eu poderia raspá-lo lá. "

"Você poderia ter feito isso comigo", queixou-se Bob.

"Exceto que estaríamos fazendo sexo", disse Julia.

"E?" Bob perguntou, confuso por que isso seria um problema.

Julia olhou para Nancy antes de revelar:

"Nós só queríamos ver você nua para fazer a barba."

"A sério?" Bob perguntou, sentindo-se jogado.

"Oh, não seja assim", disse Nancy, tomando um gole de sua bebida.

Ela sorriu para ele e já parecia bêbada.

"Também veremos você se masturbar, se quiser."

"Oh meu Deus, isso seria tão quente!" Julia entrou na conversa, enxaguando a navalha antes de voltar ao trabalho. "Nunca vi um cara fazer isso, não na vida real. No entanto, sempre quis vê-lo."

"É quente como o inferno quando você vê isso", disse Nancy.

"Você viu? Eu já estou com tanto ciúme! Com quem você fez isso? Foi Andy? Aposto que foi legal pra caralho, como você diz. É lindo pra caralho!"

A resposta de Nancy surpreendeu Bob:

"Foi com alguém mais sexy do que Andy."

"Mais quente do que Andy?" Julia perguntou incrédula. Você mencionou o último namorado de Nancy. "Não poderia ter sido Jim, já que Andy é muito mais sexy que Jim. Não me entenda mal, eu diria que sim em um piscar de olhos, mas acho Andy muito mais bonito."

"Exceto que Andy é um jogador trapaceiro", observou Nancy, tomando um longo gole de sua bebida.

"Sim, mas ainda assim", disse Julia, trabalhando no corpo de Bob como se ele fosse nada mais do que um manequim. "Você vai terminar com ele quando ele voltar?"

"Por quê? Você quer começar a sair com ele?"

"Não logo depois de você, mas se ele ficar no mercado, eu não sei. Tudo bem?"

"Você pode foder quem você quiser," Nancy anunciou com ácido escorrendo de suas palavras.

Julia não se surpreendeu com seu tom.

Ela despejou o resto de sua bebida.

"Sinto muito. Eu não deveria estar falando sobre ele, certo?"

"Provavelmente não", concordou Bob. Ele tinha visto como o humor de Nancy havia diminuído. "Você está quase pronto?"

"Quase," Julia disse, ajeitando-se entre as pernas também.

Ele puxou um pano limpo de uma gaveta e o usou como pano de prato, enxugando os últimos pedaços de creme de barbear de seu corpo antes de entregá-lo a Nancy.

"Pronto! O que você acha?"

"Agora está tudo bem", disse Nancy, mudando sua expressão triste para um sorriso.

"Você deveria sentir", disse Julia, esfregando as mãos ao redor da ereção inchada de Bob. "É tão macio."

Nancy deu um passo à frente para tatear.

O pau duro de Bob latejava para chamar a atenção de duas garotas tocando e acariciando-o.

"Assim que você gosta?" Ela perguntou a ele.

"Como posso não gostar?" ele perguntou, animado demais para ficar constrangido com a atenção dela.

"É ainda mais agradável quando você chupa," Julia sugeriu.

"Acredito na sua palavra", respondeu Nancy. "Mas está tudo bem se você quiser."

Julia olhou ansiosamente para o pau duro de Bob enquanto o acariciava.

Ela lambeu os lábios e, por um momento, pensou que fosse.

"Eu não acho que eu queria parar de apenas chupar isso."

"Está ficando tarde demais", disse Bob, preocupado com o fato de que permitir que Julia fizesse mais poderia levar a um compromisso que ela não queria ter. "E eu ainda tenho que levar Nancy para casa."

Bob se vestiu e eles se despediram de Julia.

CAPÍTULO 11

Nancy passou o braço em torno de Bob para se apoiar enquanto ele a conduzia para o carro.

"Você está realmente bêbado", disse ela, rindo.

"Por que você teve que mencionar Andy?" Nancy reclamou.

"Sim, não sei o que ele pensou", disse Bob, abrindo a porta para o amigo.

Depois que ele se sentou ao volante, Nancy estendeu a mão e tentou desabotoar suas calças.

"Uau, o que você está fazendo?"

"Quero vê-lo de novo", disse Nancy, pressionando os lábios contra os de Bob.

Ele achou difícil resistir ao beijo e às mãos ocupadas, mas encontrou forças.

"Eu tenho que dirigir".

"Apenas me deixe sentir de novo."

"Vamos esperar até chegarmos em casa e então eu vou te mostrar novamente."

"Você promete?"

"Sim", disse ele, esperando que todo o álcool que havia consumido mudasse a equação quando chegassem em seu apartamento.

CAPÍTULO 12

"Gosto de ver você nua", disse Nancy enquanto dirigia.

Ele tentou ignorar a mão dela descansando em sua coxa, embora o contato íntimo o mantivesse duro e carente.

"E eu acho que foi sexy que você também se despiu na frente da Julia."

"Não que eu tivesse escolha", disse ele.

"Ugh, não seja assim. É divertido estar nu, não é?"

"Eu fiquei duro, não foi?" ele disse em vez de admitir seu papel em fazer dessa forma. "Ainda somos apenas amigos, certo?"

"Melhores amigos."

"Mesmo que você tenha me visto nu?"

"Eu acho que isso nos torna melhores amigos", disse ele, deslizando a mão mais alto em sua coxa até que o lado de sua mão pressionasse contra sua virilha.

"No entanto, não acho que devemos beijar mais."

"Por quê?" ela perguntou, fazendo beicinho.

"Porque isso me faz querer fazer mais do que podemos fazer."

"Sim, eu também", disse ele, rindo. "Seus beijos me deixam molhada."

"Entende?"

"Mas talvez eu goste de estar com calor e desconfortável", disse ela, passando a mão sobre a protuberância.

"Você deveria guardar isso para o seu namorado."

"Exceto que ele não está por aqui", disse ela, puxando a mão de sua protuberância, mas mantendo-a na perna. "Você sabe, as meninas se masturbam também."

"Eu sei."

"Então é isso que vai acontecer. Você me excita e eu me masturbo, por que isso é tão importante?"

"Eu não sei", disse ele, tentando continuar a conversa com uma Nancy bêbada que estava começando a soar boba.

"Eu queria que você tivesse se masturbado na frente da Julia."

"Por quê?"

"Porque estaria muito quente", disse Nancy, apertando a perna dela sem alcançar a mão perto de sua zona de perigo. "E eu sei que isso a teria excitado também."

"Oh, acho que ele ficou animado o suficiente para fazer o que fez."

"Sim, ele provavelmente está se masturbando e pensando em você agora. Como se sente?"

"Estranho", disse Bob, percebendo que provavelmente estava certo.

Quando ele estacionou na frente de sua casa, ele percebeu que não deveria ficar.

Você deve ajudá-la a entrar em seu apartamento e depois sair o mais rápido possível.

Ela esperou que ele abrisse a porta.

Mais uma vez, ela envolveu o braço em volta da cintura dele e se apoiou nele para se apoiar.

Ele trabalhou na fechadura para ela.

Ela o puxou e começou a beijá-lo.

"Uau", disse ele, afastando-se após o primeiro beijo. "Achei que não íamos mais fazer isso."

"Sinto muito", disse ele com um sorriso e uma risada que deixou claro que ele não sentia nenhum arrependimento.

Ela começou a mexer na frente das calças.

"Você vai se masturbar por mim?"

"Eu não acho que devo fazer nada", disse ele, removendo as mãos dela.

"Mas você prometeu," ela insistiu, abrindo o zíper e puxando a calça dele.

Sem uma razão para ser diferente, ele ainda estava duro.

Bob percebeu que precisava chegar a um acordo antes que as coisas saíssem do controle.

"Andy", disse ela, odiando-se um pouco por pronunciar o nome do namorado dessa maneira.

"Andy é por que eu não estou arrastando você para o meu quarto e te fodendo."

Ela roçou os lábios nos dele, levantou sua camisa e interrompeu o beijo para tirar sua camisa.

Ela deu um passo para trás e o admirou de pé, nu, exceto pela protuberância de tecido ao redor de seus tornozelos.

"Agora é disso que estou falando."

Nancy se virou, foi até o sofá e se sentou.

Todo o seu rosto se iluminou com um grande sorriso e um brilho de alegria apareceu em seus olhos.

"Ouse vir aqui e se sentar comigo."

Sentindo-se bobo, Bob tirou as calças.

Seu pênis necessitado latejava.

Ela sentiu o quarto de uma forma que nunca sentira antes quando o ar beijava sua carne nua, não acostumada a ser exposta naquele lugar.

Ele não tinha ideia do que fazer com as mãos.

Ele se sentou ao lado dela, esticou as pernas, cruzou os tornozelos e levou as mãos à cabeça.

Foda-se.

Se ele ia ficar nu e duro na frente de Nancy, por que tentar se cobrir?

"Acho que você deveria ser assim sempre que estivermos juntos", disse Nancy, contorcendo-se ao admirar abertamente sua nudez.

Ele a admirava também, incapaz de perder de vista as pontas gêmeas pairando sobre ela ou a expressão faminta em seus olhos.

"O que está aí para mim?" ele perguntou com um sorriso irônico,

"Tudo bem se eu fizer isso?" Ele perguntou, passando a mão pela barriga lisa dela até que seus dedos tocaram a carne, geralmente coberta de pelos pubianos.

Ela acariciou cuidadosamente seu pau duro.

Sua ereção latejava, implorando pela atenção que seu corpo ansiava.

"Estou muito perto", disse ele, anunciando algo que ela certamente sabia.

"Faça-me uma promessa", disse ela, inclinando-se e roçando os lábios nos dele. "Prometa-me que nossa amizade não mudará se algo mais acontecer."

"Depende do que for", disse ele, sem saber o quanto mais seu coração poderia aguentar.

"Eu não sei", disse ela, correndo um dedo ao longo de seu pau duro e sorrindo quando o viu pular. "Eu sei que você acha que estou bêbado de verdade, e estou, mas não fico tão bêbado quanto você."

"Eu sei", disse ele, tendo estado perto dela antes, depois de ela ter bebido muito.

Nancy sempre se tornava excessivamente afetuosa quando bebia demais.

Ela era uma bêbada emocional.

"Sempre me lembro do que fiz no dia seguinte."

"Isso só aconteceu dessa vez", disse ele com um suspiro profundo.

Ela o ignorou, dando a sua ereção outra carícia de um dedo e terminando envolvendo o dedo ao redor da cabeça roxo-avermelhada de seu pênis. "Eu amo ser seu amigo".

"Eu amo ser seu amigo também."

"Eu sei, mas cale a boca por um segundo." Ele engoliu um soluço quando o resto do álcool que havia ingerido entrou em seu sistema. "Eu amo ser seu amigo e que você também é meu amigo."

Ela se apoiou em seu ombro.

Parecia mais que ela estava caindo em seu ombro.

"E eu acho que está tudo bem se eu te ver nua."

"Tudo bem", ele permitiu.

"E eu quero ver você assim o tempo todo porque você é quente como o inferno."

"Não, não estou."

"Sim, você é," ela insistiu, pontuando cada palavra batendo em seu pau duro e usando aquele tom firme, que os bêbados faziam tão bem. "E eu quero me exibir para todos os meus amigos."

"Uh-huh", disse ele, esperando que ela exagerasse.

Ela abaixou uma das mãos e colocou em seu pênis.

"Eu acho que você deveria se masturbar agora."

"Por quê?"

"Porque eu quero ver você fazer isso."

Bob a estudou por um momento.

Algo em seus olhos dizia que ele tinha mais coisas em mente.

"E?" ele perguntou.

"E eu quero experimentar você, só que não posso te dar um boquete porque ainda tenho um namorado."

Ela deslizou pelo corpo dele, movendo-se para descansar a cabeça em seu peito.

"Faça isso", disse ela, segurando a mão em torno de seu pênis e movendo-o para ele.

"A sério?" ele perguntou, gentilmente movendo sua mão para cima e para baixo sob a mão dela.

"Por favor?" ela implorou, afastando-se e deixando-o ver seus olhos. "Eu realmente quero provar você."

"Você é incrível", disse ele, surpreso e atordoado com a ideia dela.

"Apenas faça isso", disse ela, colocando a cabeça em seu estômago.

Ela segurou suas bolas macias e beijou seu estômago antes de pressionar sua orelha contra sua barriga e enfrentar a cabeça de seu pênis duro e inchado.

Bob sentiu sua cabeça girar de luxúria e desejo.

Nancy realmente queria isso e a ideia enviou-lhe uma carga elétrica.

Seu pênis inchado e dolorido latejava mais forte do que nunca em sua mão.

Sentir sua mãozinha tocando e acariciando seu saco de bolas recém-raspado o deixava louco.

Ele se lembrou de como ela havia removido o sêmen de sua barriga pela primeira vez e o provou.

Essa memória foi o suficiente para assegurar a ela que ela estava bem.

Ele não tinha mais dúvidas de não parar.

CAPÍTULO 13

Ele havia sido acariciado e apalpado por muito tempo e rapidamente alcançou aquele ponto sem volta.

Ele gemeu quando o primeiro jato poderoso explodiu de seu pênis, ainda mirando diretamente no rosto bonito de Nancy.

"Sim!" ele gritou, ordenhando suas bolas enquanto puxava seu pau duro mais rápido. "Tudo! Dê-me tudo!"

Bob repetia e diminuía lentamente as estocadas até se sentir satisfeito e exausto.

Seu pênis continuou latejando enquanto Nancy lambia seu estômago.

Ela perseguiu cada gota de leite cremoso que não tinha espirrado em sua boca ou rosto.

"Merda!" ela riu, sentando-se e ele viu a bagunça com que borrifou seu rosto e nariz.

Ele gozou em seu rosto da testa ao queixo.

Ele correu os dedos pelos pedaços mais suculentos, imediatamente lambendo o dedo antes de voltar para buscar mais.

"Eu me sinto como uma pornstar", disse ela, ainda rindo enquanto o empurrava para trás para que pudesse se levantar. "Não vá a lugar nenhum".

Ela correu para o banheiro e apareceu alguns momentos depois.

Seu rosto parecia molhado e limpo.

Ela sorriu ao se sentar novamente.

"Isso foi quente pra caralho!"

"Isso foi uma loucura", disse ele, espiando uma gota final que se agarrou à cabeça de seu pênis.

Ele o pegou e o alimentou.

"Você sempre foi assim?"

"Sempre fui muito oral", disse ele com um grande sorriso.

"Eu também," ele ofereceu sem nenhum motivo particular.

"Deus, espero que você seja bom nisso. Andy não conseguiu encontrar meu clitóris com um mapa rodoviário, um GPS e seis sinais de néon apontando para ele."

"Acho que estou indo bem", disse ele, sem querer soar como um fanfarrão.

"Estou com muito tesão", disse ela, aninhando-se contra ele e colocando a mão entre suas pernas.

"Eu deveria ir," ele ofereceu, dando a ela uma dica de que ela iria querer algum tempo para si mesma.

"Não, acho que você deveria ficar", disse ela, aproximando a cabeça da dele e beijando-o profundamente.

Ele a beijou de volta, desejando mais do que ele sempre quis.

Ele a sentiu se contorcer.

Ela interrompeu o beijo e desabotoou as calças.

"Você é porque eu preciso fazer isso."

Ela não se despiu, mas não havia dúvida do que estava fazendo quando enfiou a mão na calcinha.

Bob a beijou, mantendo as mãos para si enquanto seu coração e mente disparavam sabendo o que ela estava fazendo.

Ele sentiu sua paixão crescer tão rápido quanto a dela.

Ela se contorceu e gemeu profundamente em sua boca.

Ele sentiu seu corpo ficar tenso por um momento antes que ela estremecesse com seu orgasmo, afastando-se e ofegando por uma respiração profunda.

"Isso foi incrível", disse ele, segurando-a até que ela se acalmasse. "Se sente melhor?"

"Muito melhor", ele suspirou, tirando a mão da calça.

Seus dedos brilharam com sua umidade.

Sem perguntar, ele colocou a mão em volta do pulso dela e a conduziu aos lábios.

Ele chupou seus dedos, saboreando seu gosto quando ela alcançou seu colo com a outra mão.

"Você está duro de novo."

"Eu me pergunto por quê", disse ele.

Ela passou a mão em torno de seu pau duro, acariciando-o várias vezes antes de deslizar a mão por sua coxa.

"Ainda somos apenas amigos?"

"Eu não sei, certo?"

"Isso é o que eu quero que sejamos", disse ela, inclinando a cabeça em seu ombro.

Ela deslizou a mão perto de seu pênis novamente.

"Eu quero que sejamos o tipo de amigos onde isso está bem."

"Então, amigos com benefícios?"

"Deus, não, eu odeio essa frase."

"Então me diga o que você quer e esse é o tipo de amigo que seremos."

"Talvez você possa ser meu melhor amigo nu?" ela perguntou, dando a ele um sorriso cansado e sonolento. "Minha melhor amiga nua que às vezes me beija também."

"E ele se masturba na sua frente?"

"Eu gosto quando você faz isso", disse ele, apertando seu pênis. "Então, sim, meu melhor amigo nu que me beija às vezes e me deixa vê-lo se masturbar. Esse é o tipo de melhor amigo que eu quero."

"Acho que você ainda está bêbado", sugeriu ela, beijando a testa. "Você quer ajuda para ir para a cama?"

"Não quero ir para a cama. Quero ficar aqui assim", disse ele, aconchegando-se mais perto.

Bob a segurou em seus braços até que ela adormecesse antes de rastejar cuidadosamente para fora de debaixo dela.

Ele a cobriu com um cobertor, se vestiu e saiu em silêncio.

Quando chegou em casa, não resistiu em se masturbar mais uma vez.

Sentir as partes raspadas de seu corpo era uma sensação nova e muito interessante, embora seu orgasmo não fosse tão alegre quanto o primeiro da noite.

Ele atribuiu isso ao fato de que era tarde demais e ele estava cansado, então foi para a cama.

CAPÍTULO 14

Ele acordou, tirou a roupa para tomar banho e, após tomar banho, decidiu ficar assim.

Ser barbeado era mais divertido quando exposto ao ar.

Sem nada para fazer imediatamente durante o dia, ele começou a jogar videogame.

Às vezes, ele começava a ficar duro apenas com a emoção de ficar sentado nu em sua casa.

Não lhe importava.

Também era mais divertido estar nu quando era difícil.

***

Era quase meio-dia no domingo quando Nancy ligou.

"O que você está fazendo?"

"Jogando videogame pelado", disse ele, fazendo uma pausa no jogo.

"Se isso for verdade, estou indo para lá."

Bob ignorou seu comentário.

"Como você está se sentindo? Você estava muito bêbado na noite passada."

"Estou bem. Fiquei desapontado ao acordar em uma casa vazia."

Sem saber o que dizer, ele se cobriu e não disse mais do que:

"Bem, você sabe."

"O quê? Você já passou a noite na minha casa."

"Eu sei, mas não estava bêbado demais para dirigir", observou ele.

"Sim, mas como eu vou saber com certeza se você é meu melhor amigo nu se você não está aqui de manhã?"

Bob riu de sua notável habilidade de manter uma memória total, mesmo depois de uma noite em que estava absolutamente ferrado.

"Bem, felizmente eu tomo as palavras de garotas bêbadas com um pouco de cautela."

"Ahhh, então isso significa que se eu for lá hoje, você não vai se despir para mim?"

"Fala serio?"

"Porque não?" ela perguntou, soando tão alegre como sempre. "Você age como se não fosse nada para mim."

"Na verdade, acho que estou fazendo isso principalmente por você", Bob corrigiu, rindo.

"Eu não tenho nenhum problema com isso. É errado eu me apaixonar pelo meu melhor amigo?"

"Por que agora? Estou com você há anos."

"Exceto que eu sou uma loira magra e você sempre sai com morenas gordinhas."

Bob não se preocupou em explicar.

"Julia é uma loira magra e também quer ver você nua de novo", disse ela.

"Oh, por favor, não", ele gemeu. "Acho que minha cabeça explodiria se eu tivesse que ouvir sua tagarelice constante."

"Sim, ele fica assim depois de tomar alguns drinques. Ele está me mandando mensagens de texto esta manhã perguntando sobre você."

"E?"

"E daí? Eu disse a ele que não sabia se você estava saindo com alguém. Eu também disse a ele que desmaiei no caminho para casa."

"Você sabe alguma coisa sobre Andy?" ele perguntou, levantando seu controle enquanto mantinha o telefone sob o queixo.

"Normalmente ele liga à noite", disse ele com um suspiro profundo. "Não é divertido conversar com ele quando sei que ele me traiu. O que devo dizer?"

"Não sei."

"E eu não quero terminar no telefone, porque isso é realmente uma merda, especialmente porque ele estará em casa em breve."

"Depois que você terminar com ele, você e eu deveríamos sair em um encontro real e ver o que acontece."

"Já sei o que vai acontecer", disse ele. "Nós vamos sair, nos divertir muito, voltar para sua casa e foder como um louco."

"Parece bom até agora", disse ele, sentindo sua ereção respondendo à ideia.

"E então, pela manhã, nós dois estaremos tão assustados com o que fizemos que nunca faremos novamente."

"Acredito que tudo vai acontecer exatamente como você disse, exceto a parte do dia seguinte. Acredito que vamos acordar nos braços um do outro, professar nosso amor eterno um pelo outro e imediatamente fazer planos para ver se vamos nos mudar para a sua casa ou a minha juntos. "

"Bem, o seu", disse Nancy. "Você tem uma casa e eu ainda moro em um apartamento."

"Minha versão tem um final mais feliz."

"Exceto que eu não acho que amigos deveriam transar porque isso nunca funciona. Você se lembra de Kevin?" Bob levou um momento para colocar o nome no passado de Nancy. "Ele e eu começamos apenas como amigos, depois nos tornamos namorados por um tempo, mas não deu certo. Ele queria ser um amigo com direitos, mas eu não queria, então deixamos de ser amigos também."

"Você me viu nu e ainda somos amigos", observou Bob.

"Sim, e eu ainda quero ver você nua também. Posso ir?"

"Se você fizer isso, vou me vestir."

"Ahhh, não seja assim!"

"Vamos, Nancy, nós dois sabemos que estamos brincando com fogo. Por que você acha que eu fico tão duro perto de você?"

"Por que estou com calor?" ela perguntou, rindo enquanto falava.

"Você acha que eu nunca percebi isso?" Havia algo sobre estar nu ao telefone com Nancy e saber que ela o tinha visto nu que deu a Bob a força para desnudar sua alma também. "Este fim de semana não é a primeira vez que fui duro com você."

O que Nancy disse em resposta, entretanto, o assustou.

"E este fim de semana não é a primeira vez que faço isso pensando em você."

"Espere, você acabou de dizer 'eu faço'?" Ele perguntou, entendendo exatamente o que ela queria dizer com essas palavras.

"Sim. Caras tirem isso e as meninas tirem. Então, sim, você foi uma estrela convidada algumas vezes para mim. Isso é errado?"

"Não", disse ele, apertando sua ereção expandindo rapidamente entre as coxas dela. "É errado que eu esteja tendo dificuldade em ouvir isso?"

"Você é um idiota", ele riu. "Já fiz uma vez hoje. Me diga que você está nua e dura e que terei que fazer de novo."

"De verdade?" ele perguntou, ignorando o pedido dela. "Com que frequência você faz isso?"

"Com que frequência você faz isso?"

"Acho que é diferente para os homens", disse ele, sentindo-se corado.

"Eu fiz isso três vezes ontem," Nancy anunciou como se não fosse nada. "Uma vez quando acordei e era para você. Então eu fiz de novo antes de sair na noite passada, o que pode ou não ter sido para você, e então mais uma vez com você na noite passada. Espere, era tarde, então eu acho que significa que já fiz duas vezes hoje "

"Fiz de novo quando cheguei em casa", confessou.

"Você já fez isso hoje?"

"Ainda não", disse ele, embora tivesse a sensação de que o faria em breve.

"Posso ir ver você fazer isso?"

Bob ficou em silêncio por um longo tempo enquanto lutava para encontrar uma resposta.

Se ele dissesse "sim", onde isso terminaria? Mas se ele dissesse "não", ela consideraria isso uma ofensa?

Nancy preencheu o espaço vazio que deixou com uma sugestão própria:

"Acho que você deveria dizer 'sim' porque isso provaria que podemos fazer isso sem que signifique nada."

"Oh, então eu deveria convidar você toda vez que eu sentir vontade de me masturbar só para que você possa ver?"

"Eu concordo com isso. Quer dizer, eu deixaria você olhar para mim, exceto que não é nossa praia."

"Podemos torná-lo nossa coisa?"

"Não acho que seja uma boa ideia", disse Nancy sem explicação. "E se eu prometer que não vou tentar tocar em você? Isso torna isso melhor ou pior?"

"Um pouco de ambos", disse ele, casualmente acariciando sua ereção e se perguntando como isso poderia se tornar um problema.

"Seria melhor se eu trouxesse um amigo para assistir também?"

"Por favor, não diga Julia."

"Não, não precisa ser Julia", ele sussurrou. "Qualquer um pode querer assistir. E eu também tenho outros amigos. Talvez eu deva trazer alguns que você não conhece, gostaria?"

"Você sabe o que é realmente louco?" Eu pergunto. "Estou ficando muito difícil de ouvir isso."

Nancy riu e soou como uma doce música.

"Devo dizer que estou ficando molhado dizendo isso?"

"Só se você quiser que eu fique ainda mais duro."

"Você está realmente jogando videogame pelado?"

"Eu tenho o jogo em pausa."

"Mas você está realmente pelado, certo?"

"Tenho estado desde esta manhã. Ser barbeado é melhor se eu estiver nu."

"Deus, foi tão sexy assistir Julia fazer isso com você."

"De verdade?" Ele perguntou surpreso.

"Sim. Eu acho que porque eu queria fazer isso e eu sabia que não poderia, então eu tive que deixá-la fazer isso. Eu não sei. Ou talvez porque você era realmente durão e eu gosto de parecer durão."

"Estou duro agora", ele ronronou, sentindo-se meio idiota por dizer isso em um tom ronronante.

"Continue assim."

"Por quê?"

"Só porque," ela insistiu.

"Onde você está?" ele perguntou, percebendo como o som mudou ao fundo.

"Onde você acha que eu estou?"

"Eu pensei que você estava em casa", disse ele apenas quando ouviu uma batida suave na porta da frente.

CAPÍTULO 15

Ele não precisava olhar pela janela da frente para saber o que seu carro veria em sua garagem.

Apenas Nancy batia em sua porta daquele jeito, uma ligação que evocou um retorno ao colégio quando ela era a apresentadora da seção de percussão da banda da escola.

Nu e duro como o inferno, Bob desligou o telefone e se dirigiu para a porta da frente.

Ele também não se preocupou em verificar o olho mágico.

Ela abriu a porta e sorriu para a amiga que ainda segurava o telefone perto do ouvido.

"Olá", disse ela, entrando.

Ele olhou para a televisão, como se para ter certeza de que estava jogando videogame.

Ele não mentiu.

Seu jogo estava em pausa.

"Agora o que você estava fazendo?"

"Bem, acho que estava fazendo isso", disse ele, voltando para o sofá onde estava sentado e pegou o controle do jogo.

"Oh, a sério?" ela perguntou, sentando-se ao lado dele e olhando por cima do ombro para seu pênis orgulhoso e inchado. "Eu pensei que você estava brincando com outra coisa."

"Oh, você quer dizer essa coisa velha?" ele perguntou, batendo em sua creção. "Sim, eu poderia estar fazendo algo com isso também."

Nancy desabotoou o jeans e enfiou a mão nas calças.

"Você sente vontade de fazer isso um pouco mais?"

"Sim," ele engasgou, muito animado para permanecer tímido.

Ele jogou seu controlador de lado e lentamente começou a puxar seu pau duro enquanto observava a mão dela se mover dentro de suas calças.

"Você se lembra do que eu fiz ontem à noite?" ela perguntou.

Antes que ele pudesse responder, ela se inclinou e colocou a bochecha em seu estômago.

Ao contrário da noite anterior, ela trouxe o rosto perto da ponta de seu pênis e cada vez que ela exalava, ele podia sentir seu hálito quente acariciando a cabeça de seu pênis.

"Isso é muito ruim", ela murmurou, embora movesse a mão mais rápido, acariciando e levando seu orgasmo mais perto da realidade.

"Faça isso", ela gemeu.

Ele podia sentir os movimentos rítmicos de seu braço enquanto ela se acariciava.

"Oh merda," ele gemeu, sentindo sua necessidade se aproximando rapidamente.

"Sim!" ela sibilou e isso foi o suficiente para ele.

Ele conseguiu soltar outro gemido antes de explodir com estrelas de prazer em seus olhos.

Ele gozou forte, atirou e borrifou seu esperma, através de sua barriga e na boca de espera de sua melhor amiga.

Como acontecera na noite anterior, ela gozou forte, disparando mechas grossas e tensas para cima com cada contração de seu corpo e foi maravilhoso.

"Muito melhor", disse Nancy, parecendo um pouco sem fôlego também. "Quase não faltou um jato."

Ele se sentou, enxugou um riacho do queixo e sorriu.

"E você? Você chegou?" ele perguntou, envergonhado por estar tão focado em seu orgasmo que poderia ter perdido o dele.

"Oh sim," ela o assegurou, alimentando seus dois dedos molhados cobertos com a umidade de seu corpo.

"Porra, eu quero tanto trepar com você."

"Como você acha que eu me sinto?" ela perguntou, dando-lhe um beijinho e um sorriso muito maior. "Agora, por que você não volta ao seu jogo e eu verei o que você tem para comer por aqui?"

"Não muito", disse ele, seguindo-a até a cozinha. "Eu não faço compras em alguns dias."

"Jogue e eu acharei algo", disse ele, abrindo a porta da geladeira.

Ele se encostou na parede olhando para ela por um momento.

"E não se atreva a se vestir", disse ela, tirando alguns ovos, alguns vegetais e o resto de seu leite.

"Sim, senhora", disse ele, sentindo-se estranho, mas determinado a seguir as regras dela.

CAPÍTULO 16

Nancy preparou duas deliciosas tortilhas com os restos de comida que Bob tinha na geladeira.

Sentado em seu sofá, eles assistiram Netflix enquanto comiam e ele permaneceu nu o tempo todo.

Depois de comer, ele lavou os pratos e a viu observando-o enquanto ele voltava para a sala.

"Não é tão impressionante quando estou mole, não é?" ele disse, pegando a direção do olhar dela.

"Na verdade, eu gosto também. Você nem sempre tem que ser duro comigo enquanto está nu."

"E se eu ficar duro?" ele perguntou, sentando-se ao lado dela.

"Ainda melhor", disse ele com um sorriso.

Ela agarrou a mão dele e a segurou enquanto eles assistiam ao resto do filme.

De vez em quando, Nancy olhava entre suas pernas e sorria.

Depois do filme, ele se levantou e se espreguiçou.

Bob admirava seu corpo flexível enquanto trabalhava com as torções que sentia.

"Então eu acho que vou para casa e me masturbo antes que meu namorado ligue."

"Isso é quente", disse Bob, sentindo um formigamento entre as pernas.

Ele distraidamente puxou seu pênis.

"Agora não seja difícil ou você vai ter que me dar outro show."

"Na verdade, estou tentando não", ele admitiu com um pequeno sorriso.

"Porra, deixe-me beijar você uma vez antes de ir, ok?"

"Claro", disse ele, esperando um beijinho de despedida.

Em vez disso, ela colocou os braços em volta do pescoço e deu-lhe um beijo profundo e comovente.

Ele estava meio duro de novo quando ela se afastou.

"É bom saber que meus beijos podem fazer isso por você."

"Você é uma verdadeira vadia às vezes", disse ele com um grande sorriso, esfregando sua ereção meio dura para transformá-la em outra coisa.

"Cuidado", disse ela, olhando para ele. "Ou terei que ficar e assistir."

"Vá embora", disse ele, caminhando em direção à porta da frente.

Ele se escondeu atrás da porta quando a abriu.

"Diverte-te."

"Oh, eu vou", disse ela, dando-lhe outro beijo antes de ir para o carro.

Pensar em Nancy voltar para casa para se masturbar deu a Bob razão suficiente para ficar duro novamente, mas em vez de fazer qualquer coisa a respeito, ele gostava da sensação de estar nu e duro.

Deitar para dormir com uma ereção parecia estranhamente frustrante e satisfatório ao mesmo tempo.

Frustrante, porque ele ansiava pelo alívio que negava a si mesmo.

Satisfatório, porque ele sabia por que era difícil.

Este jogo com Nancy o tinha deixado muito difícil e se ele compartilhasse sua condição com ela, ela certamente apreciaria.

CAPÍTULO 17

Outra semana de trabalho começou em seu emprego regular.

Bob se arrastou para fora da cama, foi trabalhar e deu ao chefe toda a atenção por cerca de oito horas.

Depois, as tardes ficaram calmas.

Ele e Nancy trocaram algumas mensagens de texto.

Ele também conversou com outros amigos.

Mais tarde, ele lutou com seus amigos online no mundo virtual.

A maior mudança em sua vida foi a quantidade de tempo que ele passou nu em casa.

Ela não se preocupou com suas roupas até a hora de sair de casa.

Na segunda e terça-feira, ele tomou banho depois de correr e estava nu.

A outra mudança era não se sentir culpada se pensasse em Nancy enquanto se masturbava.

Na quarta-feira à noite, eles o convidaram para uma bebida no "Dia do Trabalho" com Nancy, Any e Julia.

Contra seu melhor julgamento, juntou-se a eles para tomar uma cerveja que poderia beber por mais de uma hora.

Ele estava preocupado que Julia pudesse ter tido uma impressão errada na outra noite.

Entrando no mesmo bar da outra noite, ele encontrou uma cena semelhante.

Julia e Any sentaram-se juntos enquanto Chris cortejava uma Nancy de aparência infeliz no bar.

O rosto de Julia se iluminou assim que ela viu Bob.

Merda, ele pensou, fazendo um movimento para se juntar a Any do lado dela da cabine.

"Foi algo que eu disse?" Julia perguntou, desapontada por ele estar sentado em frente a ela.

"Não. É que da última vez você me atacou com objetos pontiagudos", disse ele, esperando que a piada diminuísse sua decepção.

"Então, realmente aconteceu!" Qualquer exclamou.

Julia pareceu surpresa.

"Você acha que ele inventou isso?"

"Bem, não, mas eu não sabia", qualquer um disse, tentando recuar. "Você realmente deixou Nancy assistir?"

"Não tinha muitas outras opções", disse ele, pedindo a única cerveja que beberia naquela noite. "E não aja como se você fosse tão inocente."

"Bem, poderíamos ter feito um plano quando estávamos no banheiro", disse Any, sorrindo e tomando um gole de sua cerveja.

"Só para constar, nada aconteceu", anunciou Julia.

"Eu chamaria de algo o que aconteceu comigo", disse Bob, ganhando sorrisos de ambas as mulheres.

Ele percebeu que Any estava bebendo e perguntou a ela sobre isso.

"É a vez de Nancy ser o motorista designado."

Chamando a atenção de Nancy, ele acenou para ela no caso de ela não ter notado sua chegada.

"Um de nós precisa resgatá-la de Chris?"

"Talvez", disse Julia, parecendo preocupada. "Ele realmente ficou mais forte com a rotina 'Estou aqui para ajudá-lo.'"

"Esse é o seu telefone?" Bob perguntou, espionando um telefone colocado na frente dele que parecia o seu.

Eles concordaram.

"Agora estou voltando", disse ele.

Subindo no bar, ele parou bem atrás de Nancy, cumprimentou o barman e pediu bebidas para Julia e Any.

Quando o garçom se virou, ele agiu como se tivesse acabado de notar que Nancy estava parada ao lado dele.

"Ei você!" ele disse.

"Ei você!" Nancy disse, virando-se e olhando para ele.

Ela parecia aliviada em vê-lo.

"Você voltou para mais!"

"Bem, Julia e eu nos demos muito bem na outra noite", disse ele para o benefício de Chris.

"Sim, ela continua falando sobre você", disse Nancy.

"Oh, a propósito, acho que você perdeu algumas mensagens de Andy. Alguém disse que seu telefone estava pirando."

"Obrigada", disse Nancy. "Conversamos mais tarde", disse a Chris e correu para a mesa, deixando Bob esperando o garçom.

"Você acha que é inteligente porque os levou para casa na outra noite?" Perguntou Chris.

"Não, acho que sou útil porque os dois me amam", disse Bob, colocando vinte no balcão para o barman e pegando as duas bebidas sem esperar pelo troco.

Bob recebeu três "agradecimentos" quando voltou do bar.

Um de Any e Julia para as bebidas e o terceiro de Nancy para a missão de resgate.

"Continue pressionando para ver o que vou fazer quando Andy chegar em casa."

"Claro que sim", disse Bob.

"Hoje à noite, ele estava tentando me convencer de que eu deveria fazer o Andy fazer um teste de AIDS antes de dormir com ele de novo, você sabe, caso aquela garota não estivesse limpa."

"Uau," Any disse, balançando a cabeça. "É uma verdadeira bagunça, não é?"

As coisas estavam bem até que Julia pressionou Nancy por sua decisão e Nancy hesitou antes de responder.

"Provavelmente vou terminar com ele. Quer dizer, é isso que acho que vou fazer, mas devo pelo menos ouvi-lo, certo?"

"Ele te traiu," Julia insistiu. "Você não deve nada a ele."

"A garota diz que quer fazer direito," Any comentou, acrescentando outra nota à já muito triste música.

"Melhor Andy do que Chris", disse Julia. "Chris é uma bola de baba oportunista."

As três mulheres falaram sobre Andy e Chris durante a maior parte da hora seguinte, enquanto Bob permaneceu em silêncio.

Fiquei pensando em como Nancy havia hesitado antes.

Com a cerveja quase acabada, Bob se despediu e se dirigiu para a porta.

Ele estava quase indo para o carro quando ouviu a voz de Nancy atrás dele.

Ele considerou ignorá-la, agindo como se não pudesse ouvi-la, mas não pudesse.

Lentamente, ele se virou.

"Por que você sai tão cedo?" ela perguntou, cruzando o estacionamento em direção a ele.

"Você me conhece, sou um peso leve", disse ele, imitando uma bebida. "Um e pronto."

"Você está com raiva de mim?"

"Por que ele estaria com raiva?"

"Eu não sei, mas você quase não disse nada a noite toda."

Ele encolheu os ombros.

O que ele poderia dizer?

Que ele queria que ela terminasse com Andy para que eles pudessem sair?

"Venha aqui", disse ele, puxando-a para mais perto e envolvendo os braços em volta dela. "Eu te amo."

"E eu também te amo", disse ela, abraçando-o e parecendo muito confusa.

"E eu sempre serei sua melhor amiga, aconteça o que acontecer, ok?"

"Meu melhor."

"Ligue para Andy hoje à noite. Diga a ele que você sabe que ele esteve com outra pessoa. Diga a ele também que tipo de amigo ele tem em Chris."

"Mas eu não quero terminar com ele no telefone."

"Eu sei e não sei. Apenas diga a ele que você sabe e guarde o resto para quando ele chegar em casa."

"E se ele negar?" ela perguntou, confusa com o conselho dele.

"Então você saberá com certeza que tipo de conversa terá com ele neste fim de semana."

"E se ele admitir?"

"Então, não sei", disse Bob. "Depende se foi uma noite ou não."

Nancy olhou para ele por um longo momento antes de bater em seu braço.

"Você dá conselhos de merda."

"Desculpe", disse ele. "Mas eu não ouvi nenhum conselho melhor de seus amigos."

"Eu te amo", disse ela, envolvendo-o em seus braços novamente.

Desta vez, seu abraço incluiu um beijo.

Embora tenha sido um beijo longo, não incluiu nenhuma língua.

Não foi esse tipo de beijo.

"Vá para casa e brinque consigo mesmo para mim."

"Claro," ele disse, dando a ela um sorriso que não incluía seus olhos.

Enquanto ele a observava se afastar com a cabeça baixa, ela viu Chris entrando no restaurante.

Claro que Chris a seguiu para fora.

Foda-se, Bob pensou, entrando no carro e dirigindo o longo caminho para casa, esperando que sua cabeça clareasse.

Não foi.

Por volta das onze, ele recebeu uma mensagem de Nancy,

"Eu tentei ligar para Andy. Ele não atendeu. Melhor não ficar mais com esse problema. Boa noite."

A mensagem de texto dela não fez Bob se sentir melhor ou pior.

Ele escreveu um single, "OK", e foi para a cama.

O sonho abençoado veio rápida e completamente.

CAPÍTULO 18

Bob gostava de sua rotina de quinta-feira, com uma exceção: seus pelos pubianos cresciam novamente e criavam uma sensação de coceira irritante dentro da cueca.

Ele sabia que tinha duas opções: barbear-se novamente ou agüentar até que o cabelo voltasse a crescer.

Ele não tinha certeza de para onde queria ir.

Quando ele chegou em casa, já estava decidido.

Em vez de correr, ele entrou no chuveiro e limpou suas partes íntimas.

Depois do banho, ele viu que havia perdido uma ligação de Nancy.

Quando ele ligou para ela, ela fez um pedido estranho:

"Você quer me embebedar hoje à noite em sua casa?"

"Claro, logo depois de você me dizer o porquê."

"Não quero", disse ele, e Bob sabia a resposta.

"Andy".

"Ele me ligou à uma hora da noite passada. Era um telefonema de bêbado, mas ele me contou tudo. Ele me contou que tinha saído com outra garota, que tinha sido um acidente e que ele não a amava."

"Bem, isso não é conveniente."

"Que significa isso?" Perguntou Nancy.

Bob suspirou.

Isso não importava.

Ele nunca fez isso, mas ainda assim teria tempo para explicar porque é isso que amigos fazem por amigos.

"Hm, a mesma noite que Chris nos vê nos beijando no estacionamento é a noite em que ele liga bêbado e abre seu coração. Você pareceu surpreso por ter atendido?"

"Um pouco", ela confirmou, confusa. "Mas era tarde demais."

"Tarde, mas em casa, tarde o suficiente para saber se você estava passando a noite fora ou não."

"Tarde o suficiente para ele estar realmente bêbado. Era o Dia do Trabalho."

"Nancy, eu estava observando você. Chris nos viu no estacionamento, contou a ele sobre isso e ficou preocupado com a buceta esperando por ele em casa."

"Então por que você me contou sobre aquela outra garota?"

"Chris provavelmente disse a ele que você achava que algo estava acontecendo. Você disse a Andy que tipo de amigo ele tem em Chris?"

"Depois que ele confessou, isso não pareceu importante", explicou. "Ele perguntou sobre você, se ainda éramos melhores amigos."

"Interessante", disse ele, dando-lhe espaço para reconstruir as coisas em sua própria velocidade.

Bob sabia que Nancy era astuta e iria descobrir.

"Espere, você está sugerindo que Chris está tentando deixar Andy chateado? Isso não faz nenhum sentido. Andy sabe que somos apenas amigos."

"Eu sei e você sabe, mas será que Chris entende?"

Nancy estava quieta enquanto processava os pensamentos de Bob.

"Ele chorou", disse ele por fim. "Andy fez. Depois que ele me disse que estava me traindo."

"E ele também disse o quanto ele te ama."

"Umm-como você sabia?"

"Porque eu sou um homem", disse ele.

"Você vai ficar bêbado comigo?" ela perguntou.

"Se eu fizer isso, como você vai chegar em casa?"

"Vou passar a noite na sua casa", ressaltou. "E está tudo bem se Any e Julia vierem também?"

"Minha casa é sua casa", disse ele.

Ele se sentiu mal por Nancy.

Ela merecia coisa melhor do que um jogador como Andy.

Se ela precisava de uma noite fora com os amigos para se distrair dele, ela faria o melhor que pudesse.

Ele tirou uma garrafa do melhor rum de baixo do balcão, sabendo que era o seu favorito.

Ele pediu comida chinesa para ela pegar no caminho.

CAPÍTULO 19

Seus amigos apareceram com um mix de tequila e margarita.

Durante o jantar, Nancy atualizou seus amigos sobre o drama entre Andy e Chris.

Incluía a opinião de Bob de que Chris estava tentando separar o casal feliz.

"O erro de Chris é pensar que Andy ficaria com ciúme por mim", observou Bob. "Andy sabe que somos apenas amigos. Ele pode não gostar de nossa amizade, mas eu não sou uma ameaça."

"Porque não?" Julia perguntou, começando com sua segunda margarita. "É lindo."

"Somos apenas amigos", Bob insistiu, bebendo profundamente seu rum com Coca.

Que diferença isso fez?

Ele não estava indo a lugar nenhum, então ele poderia muito bem ser honesto.

Ele ergueu o copo alto e propôs um brinde.

"Para o último dia de liberdade de Nancy."

Ele passou um momento com todos eles com os olhos em Nancy para julgar sua reação.

Ela parecia insegura, mas finalmente ergueu a taça.

"Pela Liberdade!"

O grito ecoou mais duas vezes e todos beberam.

"Então, eu quero saber o que é preciso para conseguir um show," Alguém perguntou.

"Muito mais disso", disse ele, misturando outra bebida para si mesmo.

Por hábito cauteloso, ele misturou ligeiramente.

"Deixe-me ajudá-lo", disse Nancy, cobrindo sua bebida com um pouco mais de rum.

Ele olhou para ela.

"Do que?" Ele perguntou, mostrando um sorriso inocente. "Talvez eu queira mais um show hoje à noite também."

"Isso não vai acontecer", ele murmurou, tomando a bebida com muito mais força agora.

"Veremos", disse Nancy.

O quarteto se mudou para a frente da televisão de Bob e começou a colocar vídeos no YouTube.

Eles usaram seus telefones para adicionar novos vídeos à fila, rindo e às vezes gritando de surpresa quando um novo vídeo valeu a pena.

Conforme eles bebiam mais, os vídeos se tornavam mais agressivos, assim como as discussões sobre os vídeos.

"As pessoas desistem da masturbação por um mês", as três garotas alegaram que nunca conseguiriam fazer isso.

"Quando você soube pela primeira vez que uma mulher podia se masturbar", ela fez com que contassem suas histórias pessoais de descoberta.

"Ok, alguém pause os vídeos, eu tenho que fazer xixi," Julia anunciou, cambaleando meio passo ao se levantar do sofá.

"Alguém está ficando bêbado", Bob observou, rindo dela.

"Sim, bem, e você precisa beber mais", Nancy disse a ele, pegando seu copo e levando-o para a cozinha.

Ela devolveu-lhe uma bebida que tinha mais gosto de rum sozinho do que rum e Coca.

"Beba tudo."

"Sim, porque eu quero meu show", Any disse, levantando-se para uma caminhada até o banheiro.

Depois de trocar palavras no corredor com Any, Julia foi até a cozinha e voltou com quatro doses de tequila.

"Estamos atirando!" ela anunciou, passando por todos eles. "E continuaremos atirando até Bobbie enlouquecer."

"Não estou ficando louco", disse Bob.

Ele tomou outro gole de sua bebida.

Droga, isso foi forte.

"Eu não posso atirar", Any objetou quando ela voltou. "Um de nós tem que ficar sóbrio o suficiente para dirigir."

"Então Bob tem dois!" Julia insistiu, empurrando o tiro extra na direção dele.

"Mas eu nem quero um", disse ele a Nancy, pedindo sua ajuda.

"Que pena", disse ela, segurando sua tacada. "Agora seja homem, suba e beba."

Ela piorou a situação, erguendo o copo e propondo um brinde:

"Para o barbear dos homens!"

"Vadia," Bob murmurou alto o suficiente para apenas ela ouvir e três em cada quatro deles tiraram os tiros.

Não sendo um fã de tequila, Bob seguiu sua bebida com um pequeno gole de rum e Coca.

A bebida forte fez pouco para aliviar a queimação profunda em sua garganta.

"Mais um", disse Nancy, segurando a dose restante.

"Eu te odeio", disse ele, sabendo que ela não ficaria ofendida.

Ele jogou a segunda bebida, tomou outro gole de seu rum com Coca e prometeu completar sua bebida com mais Coca quando voltasse do banheiro.

Ele usou o banheiro de seu quarto, percebendo que estava segurando a parede enquanto ficava em frente ao banheiro.

Droga, ele estava mais bêbado do que pretendia.

No caminho de volta para a sala de estar, ele esqueceu sua promessa de completar sua bebida com mais Coca-Cola e encontrou Any sentado em seu lugar.

"Você deveria sentar aqui," Julia anunciou, acariciando o espaço vazio entre ela e Nancy no sofá.

Quando Bob passou por Julia, ele deu a Nancy um olhar cético.

Ela exagerou o olhar inocente que deu a ele.

"Não vou me despir na sua frente e de seus amigos", disse ele.

"Se você ficar duro o suficiente, você ficará", disse ela, pegando sua bebida forte demais e entregando-a a ele.

Trabalhou com o controlador e retomou a fila de vídeo.

O primeiro foi:

"Masturbação: Homens vs. Mulheres", onde uma mulher muito parecida com Any diz ao namorado que ela está atrasada porque estava se masturbando.

Bob tomou um gole de sua bebida e tentou manter a calma, mesmo depois de Nancy colocar a mão em seu joelho.

"Algum problema?"

"Nem um pouco", disse ele antes de tomar um gole maior do que o necessário.

Ele empurrou sua bebida para fora do alcance do braço.

Ele estava bebendo o suficiente e, pela maneira como Nancy estava passando lentamente a mão por dentro de sua perna, ele podia adivinhar que ela também.

"Não tem namorado?"

Ela ignorou seu comentário.

"Então, eu estava dizendo a Julia como você é boa em beijos e agora ela está muito curiosa."

"Ela já sabe", disse ele a Nancy, irritado por ela o empurrar com tanta facilidade.

"Uau! Sério?" Qualquer um perguntado de seu lugar anterior no sofá, o único lugar para se sentar sozinha em sua sala de estar. "Você vai perder a oportunidade de beijar Julia de graça?"

"Sim, foda-se!" Julia disse, virando os pés à terra de se tornar um bêbado beligerante ao invés de um simpático, excessivamente feliz. "O que há de errado em me beijar? Eu não tenho mau hálito nem nada."

Nancy se inclinou e sussurrou em seu ouvido:

"Tenha cuidado, gafanhoto."

Ainda capaz de pensar rapidamente, Bob tentou explicar melhor sua objeção confrontando a bela loira.

"Se nos beijarmos, quero que seja um beijo de verdade", explicou ele. "Não que seja um show para seus amigos."

"Ahhh, você não é a coisa mais doce do mundo?" ela gritou, colocando a mão no lado do rosto dele e dando a ele um olhar de desculpas e compaixão.

Bob achou que havia evitado com sucesso o pedido até que ela se inclinou para frente e pressionou os lábios nos dele.

No início, Bob não a beijou de volta.

Ele aceitou os lábios dela contra os seus da mesma forma que aceitaria um beijo em sua bochecha, mas isso não era bom o suficiente para Julia.

Ela não parou até que ele começou a beijá-la.

Ainda assim, isso não foi suficiente para ela.

Ela deslizou a mão atrás da cabeça dele, segurou seu rosto contra o dela e insistiu em mais.

Sentindo que não tinha outra escolha, Bob obedeceu até que suas línguas se encontraram em uma batalha feroz e extremamente intensa pela supremacia entre eles.

Julia recuou o suficiente para anunciar:

"Merda, isso é bom!"

Então ele pressionou seus lábios nos dela e exigiu mais.

Bêbado demais para se importar, Bob o beijou de volta.

Havia uma maneira de beijar Julia que deixaria Nancy com ciúmes?

Usando seu charme, dedicando-se ao momento com os olhos fechados, as coisas iam bem até que sentiu a mão de Nancy pousada em sua coxa.

Bob gemeu quando Nancy tentou desabotoar a frente de sua calça.

Ele tentou empurrar o braço de Julia para impedir Nancy, mas Julia não permitiu.

Assim que sentiu o braço dele se mover, ela o agarrou pelo cotovelo e o forçou a manter o braço ao redor dela.

Seu outro braço estava preso entre as costas do sofá e o corpo dela, inútil para parar Nancy.

"Esta duro?" ele ouviu qualquer pergunta.

"Ah, sim", Nancy riu, pressionando as costas de Bob e acariciando seu pescoço enquanto ele continuava a beijar sua amiga. "Tão forte que acho que você precisa nos mostrar."

Mais uma vez, Bob gemeu sua objeção.

Assim que ele fez isso, Julia gemeu novamente em sua boca, como se ela tivesse gemido de paixão em vez de pânico.

"Relaxe," Nancy sussurrou em seu ouvido.

Sua respiração estava quente contra seu pescoço.

"Nós realmente queremos ver e quem sabe o que vai acontecer se você mostrar para nós?"

Bob continuou beijando Julia, sem saber o que fazer.

"Você sabe que quer isso", Nancy ronronou, puxando o zíper de sua calça jeans.

Quando sentiu a mão de Julia deslizar para baixo em sua barriga lisa, ele desistiu e foi com ela.

CAPÍTULO 20

Julia enfiou a mão dentro do cós da cueca samba-canção dele e acariciou sua ereção antes de quebrar o beijo para que pudesse ver onde ele estava tocando.

"Que suave", disse ele com um grito bêbado em sua voz.

Quando Nancy começou a vestir as calças, Bob levantou a bunda do sofá.

Nancy também tirou sua boxer.

"O que Andy pensaria?" Qualquer perguntou.

"Foda-se", disse ela.

"Andy ou Bob?" Qualquer um perguntou com uma risada lasciva quando Julia levantou a camisa de Bob pela cabeça.

Mais rápido do que gostaria, Bob se viu sentado nu e duro em seu sofá entre duas lindas loiras enquanto a morena olhava ansiosamente entre suas pernas.

"Maldição."

"Eu sei", disse Nancy, batendo em seu pau duro. "Ela é bonita, certo?"

"Eu posso tocar?" Julia perguntou, já procurando por ela antes que Bob pudesse concordar ansiosamente.

Por que não deixá-la tocar?

Eu esperava que pelo menos uma dessas garotas quisesse fazer muito mais do que apenas tocá-lo ali.

Julia acariciou sua ereção, evitando deliberadamente a parte onde ela mais queria sentir seu toque.

Ele se concentrou na carne macia e nua ao redor de seu membro inchado e dolorido.

"Isso é muito sexy."

"Não é assim?" Nancy disse, acariciando-a também. "Me encanta."

"Bem, ele parece sexy como o inferno," Alguém disse de sua cadeira. "Isso o faz parecer uma estrela pornô."

"Sinta," Julia insistiu.

"Não posso. Tenho namorado, lembra?"

"Também Nancy e ela o estão tocando."

"Não conta se você não tocar no pau dele", disse Nancy, empurrando Bob para se levantar. "Vá em frente. Deixe-a sentir por si mesma."

Lentamente, os joelhos de Bob começaram a tremer.

Foi o álcool ou estar nu na frente das três mulheres que enfraqueceu seus joelhos?

Não tinha certeza.

Talvez uma combinação de ambos.

Ele circulou Julia com cuidado até ficar na frente de Qualquer.

Seu pênis latejava.

Ele não queria que seu pênis pulsasse, exceto que ele estava animado e era isso que os pênis excitados faziam.

"Ooohh, você está tão feliz em me ver?" Qualquer perguntou, rindo.

Com muito cuidado, ele passou a mão por seu estômago, sua pélvis e lentamente trabalhou mais perto até que tocou partes de sua anatomia que antes estavam cobertas de pelos pubianos.

"Droga, isso é bom, não é?" Ela olhou para ele e perguntou: "Você gostou?"

"Sim."

"Nancy viu Julia fazendo isso ou ela ajudou também?" Qualquer perguntou.

"Ela estava apenas assistindo", disse ele. "Posso me vestir agora?"

"Não, acho que você tem que ficar assim", disse Nancy, agarrando suas roupas e empurrando-as para trás.

"Ah, vamos," ele reclamou, começando a se sentir desconfortável. "Vocês já tiveram seu show."

"De jeito nenhum Bobbie", disse Nancy com um sorriso brincalhão. "Agora que você está pelado, você tem que ficar assim."

"Eu gosto", Any disse a ele, dando um tapinha em sua bunda. "Eu também acho que você deveria ficar assim."

"Ele é sexy pra caralho", Julia disse a Nancy como se Bob não estivesse lá. "Eu amo seus músculos."

"Você sabe que eu posso te ouvir certo?" Bob perguntou, passando por ela para se sentar novamente.

Talvez se ele se sentasse e cruzasse as pernas ou algo assim, ele não se sentiria tão nu.

Com as duas garotas sentadas em cada lado dele, cruzar as pernas não fez nada para esconder seu pênis de sua vista.

Desistindo, Bob esticou as longas pernas, cruzou os pés na altura dos tornozelos e levou as mãos à cabeça.

Emendado.

Se ele não conseguia esconder, ele poderia exibi-lo.

"Você se importaria de me preparar outra bebida?" Nancy perguntou, entregando-lhe um copo quase vazio.

"Eu acho que você deveria beber o meu", ele sugeriu.

"O seu é principalmente rum. Eu gostaria que o meu fosse mais perto da metade a meio", disse ele.

"Então você provavelmente deveria fazer isso sozinho", disse Bob, não querendo desfilar duro e nu na frente das três garotas.

"Por favor?" ela murmurou, fazendo uma careta.

Mais uma vez, Bob parou de tentar argumentar.

Aceitando seu copo, ele se levantou e foi para a cozinha, ignorando a sensação de três pares de olhos observando-o andar nu.

"Pena que o YouTube não tem pornografia", disse Any da sala de estar. "Pode ser divertido ver o que acontece se ele ficar muito animado."

"Hmm, acho que posso consertar isso", sugeriu Nancy, pegando seu controlador de sistema de jogo e abrindo uma janela do navegador do console.

"Olá", ela o chamou. "Que tipo de filme pornô você gosta de assistir?"

"Eu não assisto pornografia", ele mentiu, trazendo o copo cheio de volta para ela.

De acordo com suas instruções, ele havia misturado meio a meio.

"Merda", disse Nancy, indo para um site pornô.

Felizmente para ele, ela escolheu um que não havia salvado em seus favoritos.

"Para que servimos, senhoras?"

"Veja se consegue encontrar um vídeo de Gang-Bang, adoro assisti-los", Julia gritou sem perceber o que havia revelado sobre si mesma.

"Bizarro", disse Nancy, clicando nos menus como se entendesse perfeitamente como o site pornográfico gratuito funcionava.

"Talvez grupos sejam uma opção melhor. Bob pode gostar de ver algumas mulheres nuas."

Ela clicou em um vídeo aleatório de um festival de merda em grupo.

"Por mim está tudo bem", disse Julia quando Bob passou por ela novamente.

Ela esperou até que ele se sentasse antes de anunciar:

"Eu acho que você deveria fazer mais bebidas. Você gostaria de tequila também?"

"Eu não preciso de uma bebida", disse ele, não interessado em desfilar pela segunda vez.

"Por favor?" ela perguntou, implorando da mesma maneira que Nancy tinha feito.

Bob suspirou, levantou-se e sentiu os olhares das três mulheres em seu corpo como se fossem médicas.

Ele voltou com a garrafa e percebeu que ela também esperava que ele enchesse os copos.

Ele encheu três deles.

"Para homens nus e suas ereções", sugeriu Nancy como um brinde.

Bob enfiou na garganta de qualquer maneira, seguido imediatamente por um pequeno gole de rum e Coca.

Ele havia excedido seu limite.

Ele estava oficialmente bêbado.

CAPÍTULO 21

"Bob, você poderia, querido, refrescar minha Coca?" Qualquer um perguntou com um grande sorriso lascivo enquanto ela segurava seu copo enquanto olhava diretamente para seu pau duro.

"Sim, senhora", disse ele. "Você gostaria que eu colocasse um saquinho de chá também?"

"Espere, o que isso significa?" Ele perguntou, olhando ao redor da sala em busca de ajuda.

"É aí que um cara enfia o saco na sua boca", explicou Julia.

"Ele não pode colocar suas bolas na minha boca," Any disse, surpreso. "Tenho namorado!"

"Não, mas ele poderia colocar um saquinho de chá no seu copo, foi o que ele quis dizer." Julia disse, mostrando uma compreensão surpreendente da gíria.

"Olhe assim, pelo menos eu não colocaria pelos púbicos na sua bebida", acrescentou Nancy, rindo muito da discussão.

"Sua bebida", disse Bob, voltando com o copo cheio. "Nada de saquinhos de chá."

"Você poderia colocar um saquinho de chá na minha bebida, se quiser", disse Julia, entregando-lhe sua margarita quase cheia com a borda totalmente salgada.

"Faça!" Qualquer um a encorajou, como se ela estivesse bebendo. "Atreva-se!"

"E então eu beberei", disse Julia, empurrando o copo sobre a mesinha de centro na direção dele.

"Sim, e eu aposto que ela vai lamber suas bolas também", sugeriu Nancy.

Bob balançou a cabeça para o trio de garotas olhando para ele.

"Estou bêbado demais para saber se ele está brincando ou não."

"Eu também", disse Julia.

"Oh, apenas faça isso", acrescentou Any e, como ela era a única sóbria do grupo, Bob aceitou isso como uma prova de que deveria.

Ele caminhou ao redor de sua mesa de café, passando por Any, que estava olhando diretamente para seu pau duro como se fosse a coisa mais fascinante que ela já tinha visto.

Ele parou quando alcançou o canto do sofá.

"Saco de chá", disse ela, de pé com as mãos na cintura.

"Espere, eu preciso documentar isso", disse Nancy, pegando seu telefone celular.

"Eu só farei isso se você também fizer!" Julia disse.

"Claro," Nancy concordou, segurando seu telefone e acenando com a cabeça para eles continuarem.

Bob enrijeceu ainda mais do que antes.

Ele manteve seu corpo parado enquanto seu pau duro e orgulhoso também estava em atenção.

Ele observou enquanto Julia erguia o copo, pressionando o copo frio contra as coxas até que as bolas penduradas caíssem na margarita.

"Isso é muito frio", disse ele, lutando contra um calafrio.

"Acho que caiu sal à sua volta", disse Julia, rindo.

Ela fingiu tomar um gole de seu copo depois que o saquinho de chá pousou a bebida e colocou as duas mãos nos quadris.

Ela o puxou para frente dela e começou a lamber, beijar e chupar o saco de bolas enquanto seu pau duro latejava ansiosamente contra sua testa.

"Você ainda está com frio?" ela perguntou, se afastando e olhando para ele.

"Não, nem um pouco," ele disse enquanto seu pênis latejava em apreciação.

"Ok, agora é a sua vez", disse ela a Nancy, empurrando Bob em sua direção.

Foi quando, mesmo bêbada, Nancy fez algo muito inteligente.

"Tudo bem", disse ele, passando o telefone para Julia e certificando-se de que as fotos incriminadas permaneciam apenas em seu telefone.

"Apenas certifique-se de mantê-lo no modo paisagem, ok?"

"Muito inteligente", disse ele, olhando para ela com um grande sorriso.

"E sexy", disse ela, rindo.

Ela segurou o copo contra as bolas dele, movendo-o para cima e para baixo até que sua bolsa pendurada estivesse úmida e resfriada com sua bebida antes de tomar um gole rápido.

Com uma mistura de rum e Coca escorrendo de suas partes masculinas, Nancy pressionou o rosto contra sua virilha e ansiosamente banhou suas bolas com a língua.

"De certa forma, não acho que Andy aprovaria isso", disse Any.

"Provavelmente não", disse Nancy. "Então eu acho que está tudo bem se eu fizer isso também."

Ela lambeu seu pênis até alcançar sua cabeça inchada e puxou-o totalmente em sua boca.

Ela moveu a cabeça para cima e para baixo em seu pau longo e duro várias vezes enquanto suas amigas a aplaudiam.

Finalmente, ela se afastou, sorriu para ele e disse:

"Viu? Eu disse que seria divertido ficar nu."

"Exceto que você parou," ele reclamou.

"Eu parei ou apenas fiz minha parte para aquecê-la?" Ele perguntou com um sorriso malicioso.

Ela tomou outro gole de sua bebida e piscou para ele.

"Agora sente-se e assista pornografia conosco."

"Por que eles estão me torturando assim?" ele perguntou, sentando-se e lutando com o quão animado ele se sentia.

"Ah, pobre Bob", Any disse, mas então ela riu, destruindo qualquer sentimento de compaixão que estava oferecendo. "Nu e duro na frente de três garotas que apreciam o show. O que você deve fazer sobre isso?"

"Ei Julia?" Nancy perguntou, olhando além de Bob para sua amiga do outro lado do sofá. "Você já viu um menino se masturbar?"

"Nunca na vida real", relatou ele, olhando mais para sua masculinidade do que para a televisão.

Quando a sugestão por trás da pergunta de Nancy afundou em seu cérebro encharcado de tequila, ela olhou para ele.

"Você poderia fazer isso?"

"Se o deixarmos animado o suficiente, aposto que ele fará", disse Nancy, garantindo por ele.

"Ligá-lo como?" ela perguntou, acariciando levemente o comprimento de seu pau duro. "Você gosta disto?"

"Espere, posso ver isso?" Qualquer perguntou.

"Por que não? Você não está fazendo nada", Julia sugeriu.

"Eu acho que não é diferente de assistir pornografia", qualquer suspeitou, cruzando as pernas e virando-se em sua cadeira estofada para ver melhor o show.

Confuso, Bob tentou descobrir o que deveria fazer.

Ele deveria se masturbar?

Nesse caso, por que Julia o estava acariciando?

E por que Nancy estava olhando para ele assim?

Essa última resposta se tornou aparente quando Nancy colocou a mão atrás da cabeça de Bob e o puxou em sua direção.

"Depois de amanhã, provavelmente não devo mais fazer isso. Mas até então ..."

Assim que seus lábios se encontraram, seus lábios se separaram, e eles se beijaram tão profunda e apaixonadamente quanto poderiam sem uma audiência assistindo.

Bob se contorceu sob a mão de Julia, reconhecendo que ela era uma mulher diferente tocando-o e não se importando.

Nada importava mais para ele do que beijar Nancy e sentir sua excitação crescendo a cada batida de seu coração.

"Agora você tem", disse Nancy, afastando-se e colocando a mão de Bob em seu pênis. "Mostre-nos."

"Eu não posso fazer isso", disse ele, mesmo quando sua mão começou a se mover para cima e para baixo em seu membro.

"Queremos ver você fazer isso", Nancy ronronou, passando os dedos pelos cabelos curtos. "E você é muito duro."

"Eles me colocaram assim."

"Então me mostre. Mostre-nos a todos. "

"Isso é loucura", disse ele enquanto virava a cabeça bêbado, incapaz de entender se o que estava fazendo era certo ou errado.

"Não, é sexy como o inferno", qualquer corrigido de onde ela estava sentada.

"Faça isso," Nancy treinou, segurando delicadamente suas bolas raspadas.

"Porra, isso é quente," Julia ronronou, movendo-se para o lado dele.

Ele deu uma olhada na bela loira e a pegou com uma mão entre as coxas.

"Beije-me", ele disse a ela e ela o fez.

Seus beijos não eram tão doces quanto os de Nancy, mas eram ansiosos.

Ele bateu a língua com a dela, apreciando seus pequenos gemidos, e como ela se contorcia com a mesma necessidade que ele sentia.

"Você vai me fazer gozar", alertou.

"Faça isso", Julia e Nancy disseram ao mesmo tempo.

Ambas as mulheres penduradas em seus ombros, observando-o puxar, puxar e trabalhar seu pau duro e inchado para liberá-lo com dor e necessidade.

Como havia acontecido na primeira vez que ele deu um show a Nancy, ele gozou com tanta força que disparou porra tão alto quanto seus mamilos.

"Santo céu!" Qualquer comemorou quando Julia se afastou como se ela estivesse na linha de fogo.

"Vá em frente," Nancy persuadiu, agarrando suas bolas nuas, ordenhando-o, encorajando-o a liberar todas as suas frustrações reprimidas.

E fluxo após fluxo branco cremoso de sua ejaculação borrifou contra ele do peito ao umbigo e além até que se foi.

Ele estremeceu, sentindo-se satisfeito e com vergonha de si mesmo.

"Isso foi tão quente!" Julia gemeu, soando como se ela também tivesse um orgasmo.

Ela beijou sua bochecha e virou a cabeça para seu ombro, observando Nancy correr um dedo por seu esperma sobre seu peito e estômago.

"Faça isso novamente."

"Hum, não," Qualquer disse, confuso. "Eu acho que é hora de ir."

"Mas as coisas estão ficando interessantes" Julia fez beicinho.

"Não, as coisas vão sair do controle se não formos embora", Any insistiu, levantando-se e pegando sua bolsa.

"Se você ficar, aposto que podemos fazer com que ele faça de novo", disse Nancy, enfiando o dedo coberto de leite na boca como se estivesse tomando sorvete.

"Não, sério, está ficando tarde", qualquer insistiu, ainda olhando para o pau de Bob. "E vê-lo assim me dá vontade de fazer coisas que sei que não posso fazer."

CAPÍTULO 22

Quando Julia perguntou se ela poderia ficar, eles trocaram um olhar entre Nancy e Any que Bob considerou importante.

Se ele não estivesse tão bêbado e ligeiramente grogue de seu orgasmo, ele tinha certeza que teria descoberto o significado por trás daquele olhar conhecedor.

Em vez disso, ele também ficou surpreso quando Nancy se levantou e disse:

"Qualquer um está certo. É quase meia-noite."

Julia, parecendo confusa, se levantou também.

Ela estendeu a mão para a bolsa e quase caiu.

"Uau", disse ela, rindo e aceitando o abraço de Any.

"E você, Nancy? Como vai voltar para casa?"

"Vou passar a noite aqui", disse Nancy, levando-os até a porta. "No quarto de hóspedes."

"Uh-huh", qualquer um disse com um sorriso astuto.

"Eu juro," Nancy insistiu, parando na porta aberta até ter certeza de que seus amigos tinham ido embora.

Ele se virou, encostou-se na porta fechada e sorriu para Bob.

"Você acabou de se tornar o homem mais sexy que já conheci."

"Obrigado", disse ele, levantando-se e olhando para suas roupas.

Você realmente deveria se limpar antes de se vestir novamente.

"Não se atreva", disse Nancy. "Você não tem permissão para se vestir."

Ele olhou para ela, ainda confuso e desejando não estar tão bêbado.

"Eles estão voltando?"

"Não", disse ele, finalmente soltando a maçaneta. "Somos só nós. Vou ajudá-lo a limpar se quiser."

"Tudo bem", disse ele, ainda se sentindo preso à estupidez quando ela começou a pegar os copos e levá-los para a cozinha.

Lentamente, ele percebeu o tipo de limpeza que ela queria dizer.

"Tudo bem se eu tomar um banho rápido?"

"Contanto que você fique nu."

"Por que não?" ele perguntou, o que queria dizer uma piada. "Eu não gostaria de molhar minhas roupas."

"Mm, não acho que você deva se preocupar com isso enquanto estou aqui", disse ele, dando-lhe um beijo rápido na bochecha antes de pegar o resto dos copos.

Bob se sentiu culpado pela limpeza que Nancy estava fazendo para ele.

Seu banho durou o tempo que levou para enxaguar o sêmen de seu corpo.

A água espirrando em seu rosto também o acalmou um pouco.

Ainda nu, ele encontrou Nancy na cozinha lavando copos e carregando sua máquina de lavar louça.

Ela secou as mãos, colocou-se em seus braços e o beijou profundamente.

"Para o que foi aquilo?" ele perguntou, se perguntando se ele precisava de um segundo banho para ficar ainda mais sóbrio.

"Porque você é o melhor amigo que uma garota poderia desejar e eu te amo."

"Eu também te amo", disse ele, recusando-se a ficar obcecado com sua escolha de palavras.

Nancy estava bêbada também, certo?

Ela o levou de volta para o sofá onde sua bebida ainda estava em sua mesa de café.

Ele percebeu que sua bebida estava quase cheia.

"Você bebe há tanto tempo quanto eu?"

"Provavelmente não", disse ele, tomando um pequeno gole de seu copo. "É preciso mais do que algumas doses de tequila para me derrubar." Sem perguntar, ela se aninhou perto dele, deu-lhe outro beijo e tateou entre suas pernas. "Você acha que pode deixá-la dura novamente esta noite?"

"Provavelmente," ela disse, já sentindo as mudanças necessárias acontecendo entre suas pernas.

Ele gostou da maneira como sua mãozinha se sentiu em seu pênis.

"Bom, porque eu não quero fazer isso sozinha", disse ela, beijando-o novamente e eles continuaram se beijando até que ele estava completamente duro. "Quão bêbado você está?"

"Por quê?"

"Porque você é engraçado quando está bêbado."

Ela entregou-lhe a bebida e acenou com a cabeça para que ele tomasse um gole.

"Mais," ela insistiu.

Ela tomou um gole mais profundo da mistura meio a meio que ele fez para ela.

Ela acariciou sua ereção.

"Tudo bem se eu continuar fazendo isso?"

Ele acenou com a cabeça. "

Ok, agora tome outra bebida. "

"Se eu beber mais, vou desmaiar", alertou antes de seguir suas instruções.

Ele tentou devolver o copo a ela.

Ela aceitou, mas em vez de beber, ela colocou de volta na mesa.

"Eu sei que fico muito estúpido quando fico bêbado", disse ele.

Parecia que sua língua era muito grossa para sua boca, muito grossa ou muito preguiçosa para pronunciar cada palavra.

"Eu sei, e você geralmente não lembra muito na manhã seguinte."

"Algumas coisas", ele insistiu, embora fosse mais fácil aceitar o que ela dizia como verdade.

"Mas não tudo", disse ele com um sorriso.

Ela o beijou novamente e ele gostou disso.

Ele gostou da maneira como a beijou.

"É divertido estar nu e duro perto de você."

"Por quê?"

"Porque eu sei que você ainda tem um namorado e não sou eu."

"Você quer ser meu namorado?"

Quando Bob assentiu, parecia que toda a sala estava concordando com ele.

Ele manteve a cabeça muito quieta.

Muito movimento não era uma boa ideia no momento.

"És tão bonita."

"E você está realmente bêbado", disse ela, rindo dele.

"Você me colocou assim. E me despiu também. É uma palavra engraçada, não é? Nu. Gosto de ficar nu na sua frente."

"Você se lembra da primeira vez que ficou louco na minha frente?"

"Uh-huh", disse ele. "Na semana passada, quando fizemos coisas que não deveríamos fazer."

"Essa não foi a primeira vez", disse ele, ainda esfregando seu pau duro.

Ele se inclinou e beijou novamente.

"Você não se lembra da sua festa de trabalho há dois anos? Aquela que eu tive que te levar para casa porque você estava muito bêbado."

"Foi quando você disse que todo mundo que eu namoro usa óculos."

"Sim, você estava realmente bêbado naquela noite. Do que mais você se lembra?"

"Eu queria panquecas", disse ele, certo de que era verdade.

"Eu quase tive que te levar para o seu quarto."

"Você é muito forte."

"Depois de colocá-la na cama, ajudei você a se despir, lembra?"

"Não," ele disse, certo de que se lembraria dela aconchegando-se nele.

"Quando eu tirei suas calças, acidentalmente tirei sua calcinha também."

"Perverso", ele falou lentamente.

"Eu juro, foi um acidente", Nancy insistiu.

Bob não discutiu com ela.

Discutir exigia muito foco.

"Mas eu te vi nua e gostei muito."

"Eu gosto de ficar nu por você", disse ele.

Ela sorriu.

"Você achou divertido eu poder te ver nua e você queria ficar duro por mim."

"Não", disse ele, incapaz de imaginar um mundo onde se despiria e ficaria rígido na frente de Nancy.

"E você ficou duro", disse ela, dando-lhe um beijo. "Muito difícil." Ela deu-lhe outro beijo antes de perguntar: "E você se lembra do que aconteceu a seguir?"

Ele balançou sua cabeça.

"Eu abaixei minha boca sobre ela."

"Você fez isso?" ele perguntou, surpreso e animado com a ideia de Nancy dando-lhe um boquete.

"Sim, eu chupei você até o fim e você nunca se lembrou."

"Isso não está certo", disse ele, encontrando sua ereção entre as pernas dela e puxando-a. "Às vezes eu imagino você fazendo isso quando eu me masturbo."

"Vou fazer isso agora", disse ele. "Mas você nunca pode contar a ninguém."

"Não Andy!"

"Uh-huh, não Andy ou Julia ou Any ou qualquer um."

"Acho que Julia gosta de mim."

"Acho que Julia é uma puta maluca que transa com muitos homens diferentes quando fica bêbada."

"Sim!" Bob concordou sem qualquer fundamento, na verdade, mas se Nancy disse que era verdade, era. "No entanto, você não é. Você nunca fode com seus amigos."

"Às vezes sim", disse ele. "Como esta noite."

Ela beijou seus lábios antes que ele pudesse pensar em algo para dizer.

Então ela estava beijando seu peito e estômago e Bob achou que era muito bom ele estar nu, porque ele não queria que ele parasse.

E Nancy não.

CAPÍTULO 23

Ela deslizou para o chão na frente dele, entre seus joelhos abertos e passou um momento admirando seu pênis ereto e a carne macia que o rodeava.

Ela embalou seu pênis dentro de suas mãos como se fosse tão precioso para ela quanto era para ele.

"Quando estávamos jogando neste último fim de semana, tudo que eu conseguia pensar era no momento em que fiz um boquete em você e você estava bêbado demais para se lembrar. Quase contei, só que não consegui."

Ela substituiu as mãos dele pela boca, puxando-o profundamente entre os lábios e lentamente trabalhando seu caminho de volta.

"Isso é algo que eu amo fazer."

Ela repetiu o movimento.

"Eu amo sentir um pau longo e duro dentro da minha boca."

Ainda mais lento, ele repetiu o movimento mais uma vez.

"É o meu tipo favorito de pornografia quando me masturbo e também é minha atividade sexual favorita."

Envolvendo seu pênis, ela moveu a cabeça para cima e para baixo várias vezes em rápida sucessão antes de parar novamente para admirar a essência de sua masculinidade.

"Isso é tão bom", Bob rosnou, convencido de que estava dormindo e sonhando, porque apenas estar no meio de um sonho intenso poderia explicar como ele se sentia.

"Sinta isso", disse ela antes de envolver sua boca ao redor dele novamente.

Ela o segurou dentro de sua boca, colocando a língua contra a parte inferior de seu membro e o segurou dentro de sua boca quente e úmida por um longo tempo antes de se afastar.

"Eu senti cada batida da sua ereção. É como se eu pudesse sentir seu coração batendo."

"Você me deixa tão duro", disse ele, incapaz de encontrar palavras mais elegantes para honrar suas ações.

"E como você está barbeado, eu posso fazer isso", disse ele, acariciando suas bolas novamente.

Ele puxou delicadamente cada bola em sua boca e acariciou-a com a língua antes de soltá-la.

"Eu só posso fazer isso quando o homem está se barbeando, porque todo aquele cabelo parece nojento para mim."

"Estou barbeado."

"Eu sei", disse ela, sorrindo para ele antes de explorar e brincar com ele.

Às vezes, quando eles se beijavam, Bob se sentia perdido no momento.

Ele não sabia dizer se seus lábios ficaram pressionados por um segundo ou horas depois que ele terminou.

Era assim que seu boquete também era.

Você passou horas ajoelhado ou meros momentos?

Ele não tinha certeza.

Às vezes ele sabia que ela o estava provocando, deliberadamente acordando-o tão perto do orgasmo que ele estava vazando pré-goma.

Então ela se concentrou em outro lugar até que ele se acalmasse o suficiente para ela jogar novamente.

Mais e mais, ela o provocou à beira do orgasmo antes de ir embora.

"Dói", disse ele, lutando para explicar o quão animado estava.

Seu pênis úmido e brilhante lutou pela liberação que ela negou.

"Não acredito que não chupei você na frente de Any e Julia", disse ela, levantando-se e tirando as calças.

Atordoado, ele olhou para ela se livrando de suas calças e calcinhas.

Ele viu sua boceta, percebendo como ela era barbeada como ele.

Ele tentou alcançá-la, mas ela afastou as mãos.

"Por favor?"

"Não", disse ela, colocando os dedos entre as dobras nuas de sua vagina. "Você não pode tocar, mas eu quero gozar também. Eu quero olhar para você e ter um orgasmo, ok?"

"Tudo bem", disse ele, querendo que ela o chupasse um pouco mais.

Eu estava tão duro e necessitado.

Ele ia deixar assim?

Ele sentiu seu pênis pulsar e viu outra gota de pré-gozo escorrendo da fenda em seu pênis e o sentiu escorrer por seu comprimento como uma gota de água quente.

Nancy estava de joelhos na frente dele.

Seus olhos estavam focados em seu pau duro enquanto ela esfregava sua boceta.

Eu podia ouvir os sons molhados de seus dedos trabalhando em seu clitóris.

Ele gostaria de poder vê-la fazendo isso.

Ele gostaria de poder ajudar.

Ele gostaria de poder fazer isso por ela.

"Não goze," ele disse a ela, estendendo a mão esquerda, segurando sua ereção e esfregando um círculo ao redor do ponto sensível marcado por sua cicatriz de circuncisão.

Ela usou seu pré-gozo como lubrificante, despertando-o o suficiente para produzir mais.

"Tão perto", ele gemeu, incapaz de se imaginar precisando de mais.

Nancy engasgou, prendeu a respiração e começou a gemer.

"Você está saindo?" Eu pergunto.

Ela assentiu com a cabeça e continuou a ofegar e gemer quando seu orgasmo surgiu em seu corpo, agarrando-se a suas profundezas e estremecendo dentro dela.

Enquanto seu corpo ainda estava celebrando sua liberação dos prazeres carnais, ela se inclinou para frente, tomou seu pênis em sua boca e o chupou.

Ela levantou e abaixou a cabeça em movimentos determinados enquanto sua língua açoitava a parte inferior de seu pênis, agradando-o e brincando com ele para finalmente oferecer sua liberação também.

De certa forma, em outro mundo, parecia que ela estava beijando ele, só que ela estava beijando seu pau, e era demais para ele resistir.

Ele gozou, explodindo bem no fundo de sua boca em uma longa série de jatos doloridos que poderiam ter passado por seu peito se ela não estivesse lá para prendê-lo dentro de sua boca.

"Sim!" ela gritou, levantando-se do sofá e balançando com a emoção de seu orgasmo.

Ela balançou de um lado para o outro enquanto seu estômago se apertava, determinada a liberar o maior orgasmo que ela já experimentara da boca de sua melhor amiga.

Por fim, ela se afastou, deixando seu pau molhado, mas muito limpo, para trás.

Não havia nenhum vestígio de seu orgasmo.

Sorrindo, ela montou em seu colo e ele sentiu o calor de sua boceta perto de seu pênis.

O bêbado idiota dentro dele esperava que eles fodessem também agora.

Em vez disso, ela pressionou a boca contra a dele e o recompensou com mais um beijo.

Bob queria dizer algo romântico para ela.

Ele queria dizer mais do que "eu te amo" porque essas palavras não incluíam uma menção à amizade deles.

"Deus, eu realmente gosto de você", disse ele.

"E realmente, eu realmente gosto de você bêbado", disse ela, roçando os lábios nos dele mais como amigos beijam na boca.

Ela pulou de seu colo e estendeu as mãos, ajudando-o a se levantar do sofá.

"Agora vá para a cama e lembre-se de ficar nua para mim pela manhã."

"Eu prometo", disse ele, segurando seu pau e se perguntando por que era tão bom.

Cobrindo sua nudez, ela entrou na ponta dos pés em seu quarto, fechou a porta e se deitou na cama.

A cama era boa.

Ele dormiu, sem imaginar que, no quarto ao lado do dela, sua melhor amiga estava tendo mais dois orgasmos antes que ela também se sentisse relaxada o suficiente para dormir.

CAPÍTULO 24

Um raio de sol errante em seu rosto lembrou a Bob que os vampiros estavam certos o tempo todo, a luz do sol mata.

Ele recuou com o brilho e gemeu.

Sua língua parecia encharcada enquanto ela se perguntava quem havia trazido um gato para dentro de seu quarto com o propósito de cagar na boca.

Ela cambaleou para fora da cama, vagamente ciente de sua nudez enquanto estava na frente de seu banheiro.

Usar a parede à sua frente como suporte trouxe de volta pedaços do que acontecera na noite anterior.

Ele se lembrou da pausa para o banho que fizera antes de se despir.

Ele escovou os dentes antes de tomar um banho, tentando afastar o cheiro persistente de comida chinesa seguida de rum, Coca e tequila.

Ele tentou reunir os eventos da noite anterior.

Estava mais ou menos claro até que ele foi ao banheiro e a partir daí as coisas ficaram nubladas.

Ele se lembrou de assistir pornografia com as três garotas.

Não, isso não estava certo.

Eles assistiram a vídeos no YouTube juntos, realmente atrevidos.

Escondido no fundo daquela névoa estava a memória de se despir na frente deles.

Merda.

Ele tomou banho e ainda estava se barbeando quando Nancy apareceu na porta de seu quarto com uma xícara de café.

"Como você está se sentindo, tigre?"

"Ressaca", ele rosnou.

Ele enxugou o creme de barbear do lábio superior para engolir o clima trazido pelo líquido preto dentro da xícara de café.

Uma dúzia de tentativas depois, ele terminou de se barbear.

Nancy estava encostada na porta observando o tempo todo.

"Gosto de ver um menino fazer a barba."

"Eu sei", disse ele, passando a mão sobre suas partes nuas.

Enquanto ele se sentia um pouco desconfortável por estar nu na frente dela, ele não se importou.

O que ele tinha que ela não tinha visto?

Ele a pegou olhando para a testa.

"Eu fiquei pelado na frente de seus amigos?"

"Talvez um pouco nu", ele confirmou, saindo pela porta.

"Quão nu é um pouco nu?" ele perguntou, seguindo-a para a sala de estar e cozinha.

"Nus o suficiente para que pudéssemos brincar de jogar pulseiras em volta do seu pau."

"Oh Deus, por favor, diga que você está brincando", disse ela, quebrando a cabeça desesperadamente por qualquer memória que pudesse ter de seus amigos jogando pulseiras em seu pau duro.

Ele ficou em branco, mas sabia que isso não significava nada.

"Relaxe," ela disse, enchendo ela e as xícaras de café dele. "Foi divertido."

"Nós assistimos pornografia?"

"Assistimos a vídeos no YouTube", disse ele, o que combinava com sua memória.

"E quanto à pornografia?"

"Pode ter havido pornografia enquanto Julia estava chupando você."

Bob quase cuspiu quando engasgou.

"De jeito nenhum você deixaria Julia me chupar."

"Por quê?"

"Porque eu sei o que você sente por ela. Como você disse algumas semanas atrás? 'Ela é uma puta maluca que fode qualquer coisa com um pau depois de três drinques'. Eu acho que foi mais ou menos como você disse. pelo menos essa é a essência do que você pensa. "

"Sim, ok. Mas ele gostou de ver você nua."

"E duro?"

"Muito duro."

"E qualquer um também?" ele perguntou, embora ele não pudesse imaginar estar nu por dois e não três.

"Sim, qualquer um foi quem te chupou também."

"Chega", ele gemeu. "Ela tem um namorado, então eu sei que ela não faria isso."

"Oh, então você está dizendo que eu fiz isso?" Nancy perguntou com as sobrancelhas levantadas.

"Em meus sonhos, sim", Bob respondeu, sentindo uma estranha sensação de déjà vu ao dizer essas palavras.

Isso aconteceu?

Ele tinha sonhado que Nancy o chupou na noite anterior?

Ele desviou o olhar.

Pensando nela de uma forma sexual, era mais embaraçoso estar nu na frente dela.

Sorrindo, ela correu os olhos sobre ele e parou quando alcançou sua cintura.

"Você parece gostar dessa ideia", ele ronronou.

Bob olhou para baixo, viu seu pau ficar mais grosso e comprido e deu um passo para trás de sua barra de café da manhã.

"Ficar nu perto de você é estranho."

"É mais divertido quando você está duro", disse ela, parecendo desapontada por ele ter se mudado para trás do balcão.

Ele tomou um gole de café, tentou ver através da névoa da noite anterior e ainda assim ficou em branco.

"Você pode me dizer algo sobre o que aconteceu?"

"Bem, talvez eu tenha uma ou duas fotos", disse ele, pegando o telefone. "Mas não sei se você vai gostar de vê-los."

"Agora que?" O suspiro.

"Que você fará de novo na próxima vez que nos encontrarmos."

"Fazer o que de novo?"

"Bem, colocar o saquinho de chá em nossas bebidas foi divertido."

"Eu NÃO Fiz isso", ele gemeu, certo de que se lembraria de algo tão ultrajante.

Nancy passou o dedo pelo telefone.

Ele gemeu de novo:

"Por que você me deixou fazer isso?"

"Eu poderia ter gostado", disse ele, passando para o próximo vídeo que mostrava seu saco de bolas nu em sua bebida também.

Ela o parou antes que ele mostrasse que ela o estava chupando.

"Nós deveríamos deixar você bêbado."

"Eu sei", ele sorriu, desligando o telefone. "E acredite em mim, eu me diverti muito mostrando a você."

Seu sorriso desapareceu quando ele fez a pergunta estranha:

"E quanto ao Andy?"

Ele tomou um gole de café antes de revelar:

"Andy é a razão de eu não dormir com você ontem à noite."

"De qualquer forma, mesmo que tivesse acontecido, ele provavelmente também não teria se lembrado."

Nancy sorriu e o beijou nos lábios.

"Você me prometeu ontem à noite que iríamos tomar café da manhã."

"Não tenho nenhuma memória clara de dizer isso", disse ele, dirigindo-se ao quarto para se vestir.

Talvez sim, talvez não, mas não importava.

CAPÍTULO 25

Eles tiraram um dia de folga do trabalho e passaram o resto da manhã e a maior parte da tarde juntos visitando o parque e fazendo compras no centro da cidade.

Nancy zombou dele pelas coisas que aconteceram na noite anterior e Bob ficou em branco se perguntando se ele estava dizendo a verdade.

A certa altura, ele ameaçou ligar para Julia.

Em vez disso, Nancy mostrou a ela uma mensagem de texto que Julia havia enviado anteriormente que dizia:

"Quando posso ver Bob nu de novo?"

"Acho bom não estarmos namorando", disse Bob. "Namoradas tendem a ficar com ciúmes quando seus namorados estão nus com outras mulheres."

"Eu não estaria", disse Nancy, rindo. "Acho que vou começar a exigir que todos os meus namorados fiquem nus o tempo todo. Gosto muito disso. E eles vão ter que se despir na frente dos meus amigos. Ah, e se barbear em todos os lugares também."

"Wooh! Eu tenho tudo isso!" Bob bateu palmas.

***

No caminho de volta para casa, ela passou um tempo mandando mensagens de texto para alguém.

Parecia uma coisa séria, então Bob não a incomodou até estacionar o carro.

"Tudo bem?" Eu pergunto.

"Olha, eu tenho que ir. É Andy. Ele voltou para casa no dia anterior."

"Isso é uma boa notícia, certo?" Bob disse, se perguntando por que ela parecia chocada.

"Sim, é só ..." ela começou, parando e desviando o olhar.

"Ei, ele é seu namorado. Vá fazer sua maquiagem para ele e dê a ele a chance de beijar você. Talvez ele chore na vida real também."

"Eu não quero que as coisas mudem entre nós."

"Por que eles fariam isso?" Bob perguntou, confuso com o comentário dela. "Ainda somos os melhores amigos, certo?"

"Prometa-me que não vai mudar."

Foi uma promessa fácil para ele.

Em seguida, acrescentou: "Tudo bem se você ficar com ele".

"Você me disse ontem à noite que estava brincando comigo."

"Eu sei e ainda acho que você deveria se preocupar com isso. Mas ela chegou em casa mais cedo e isso tem que significar alguma coisa, certo?"

"Eu suponho."

"E ele ainda é Andy, certo?"

Quando ele viu que ela não estava muito convencida, ele listou os motivos pelos quais ela gostava dele.

"Ele é bonito, motivado e tem dinheiro. Isso ainda é verdade, certo?"

"Provavelmente."

"Vá vê-lo. Dê a ele uma chance de chorar por você na vida real."

"Ele não vai chorar na vida real."

"Dez dólares, sim", Bob insistiu.

"Não vai acontecer", disse ele, parando por mais um momento e olhando para Bob. "Você realmente é meu melhor amigo, sabe disso, certo?"

"Saia daqui", ele deu de ombros, sorrindo para ela. "Vá transar. Você merece."

Bob saiu, contornou o carro e abriu a porta.

"Estamos bem?" ela perguntou, ainda parecendo pensativa.

"Estamos bem", disse ele, mostrando um grande sorriso.

Eles caminharam até o carro dela e ele esperou até que ela ligasse o carro antes de entrar em casa.

Era um hábito que sua mãe lhe ensinara: sempre certifique-se de que o carro da menina dê partida antes de deixá-la.

Ele não pensou duas vezes antes de fazer isso.

Enquanto ela se afastava, ele silenciosamente desejou sorte a ela.

CAPÍTULO 26

De volta à sua pequena casa, ele esvaziou a máquina de lavar louça e se limpou um pouco da noite anterior, antes de mergulhar em seu videogame novamente.

Seguir a história parecia mais difícil enquanto sua mente disparava.

Ele não tinha dúvidas de que Nancy e Andy resolveriam as coisas, para desespero de Chris.

Seria uma lição para Chris tentar se meter no meio das coisas.

Ele pensou em Julia e se perguntou se ela realmente era uma prostituta maluca como Nancy sempre dizia.

Seria estranho se ele começasse a namorar uma das amigas de Nancy?

Ele perdeu a noção do tempo, mal notando que a noite havia caído, até que foi inundado pelo brilho azulado de sua televisão.

Ele acendeu uma lamparina, comeu as sobras de ontem e voltou ao jogo.

Ele se perguntou como as coisas mudariam com Nancy depois que ela consertasse as coisas com Andy.

Era improvável que eles se beijassem mais, mas que tal ficar nus na frente dela e de seus amigos?

O pensamento perdido gerou uma agitação dentro de suas calças que ele tentou ignorar.

Tentei reconstruir na noite anterior.

Por quanto tempo eles o mantiveram nu?

Toda a noite?

Ele se lembrou de acordar nu em uma cama vazia.

Abaixando seu controlador, ele acariciou sua ereção longa e dura e imaginou que eles estavam olhando para ele.

Eles o encorajaram?

Eles o beijaram?

Ele não conseguia se lembrar.

E o pequeno vídeo de Julia e Nancy lambendo o saco dele?

Quão louco foi isso?

Bob tirou a roupa e levou-a para o quarto.

Mudou a televisão do seu videogame para o navegador da Internet.

O navegador abriu em um site pornográfico que não reconheceu e perguntou por quê.

Eles fizeram mais do que assistir a vídeos do YouTube na noite anterior?

Ele sorriu, desejando poder se lembrar de mais coisas quando começou a trabalhar nas categorias deste novo site.

Ele tinha acabado de começar um vídeo quando seu telefone tocou com o som de receber uma mensagem de texto.

CAPÍTULO 27

Ele olhou para a hora e viu que era pouco depois das onze.

Isso foi estranho.

Normalmente eu não recebia mensagens de texto ou telefonemas tão tarde.

Ele pegou o telefone e viu uma mensagem de duas palavras de Nancy:

"Você está acordado?"

"Sim", respondeu ele, sorrindo com o duplo significado que sua pergunta e resposta implicavam.

"Eu posso ir?"

"Claro", respondeu ele. "Tudo bem?"

"Te vejo logo."

Bob se arrependeu de perguntar se estava tudo bem.

Claro que não.

Se tudo estivesse bem, Nancy não estaria mandando mensagem para ele tão tarde.

Se as coisas estivessem indo bem, ela deveria estar curtindo sexo com o namorado e não mandando mensagens para um amigo.

Ele vestiu um short e uma camiseta, preparou uma xícara de café e também tirou a garrafa grande de rum da outra noite para que ela pudesse escolher o que preferisse.

Ele estava sentado em frente à televisão novamente quando alguém bateu suavemente na porta da frente.

Assim que ele abriu a porta, ela o abraçou.

"Está bem?" ele perguntou, segurando-a perto de seu peito.

"Estou melhor agora", disse ela, soltando-o e entrando em sua casa.

Ela espiou o fundo da garrafa de rum sobre a mesa, girou a tampa com um movimento do polegar e tomou um gole direto da garrafa.

"Eu estava com sede", disse ele.

Ele tirou o resto da Coca da noite anterior e jogou alguns cubos de gelo em um copo para ela.

"Tudo bem?"

"Precisamos conversar", disse ele, enchendo o copo até a metade com rum.

Ele tomou um pequeno gole, estremeceu com a coceira e colocou o copo na mesa.

Pegando sua mão, ela o levou para seu sofá.

Bob procurou pistas em seu rosto.

Pelo que ele podia ver, ela não estava chorando, então isso era bom, certo?

"Como está Andy?"

"Eu devo dez dólares a você", disse ele com um pequeno sorriso. "Ele não fez isso imediatamente, mas chorou."

"Você quer falar sobre isso?"

Nancy assentiu, mas ela também parecia em conflito.

Ela começou a dizer algo, rejeitou sua primeira escolha de palavras e fez uma segunda tentativa.

"Por que você me deixou ir esta tarde?"

"Porque você precisava ver seu namorado", respondeu ele, confuso com a pergunta.

"Mas você queria que eu fosse?"

"Na verdade não", disse ele. "Quer dizer, eu sei que você precisava, mas eu gosto de estar com você."

Pela primeira vez, Bob percebeu que Nancy havia mudado de roupa antes de ir ver Andy.

Ele estava vestindo jeans e uma camiseta quando saiu naquela tarde.

Agora, ela estava usando um lindo vestido de verão e um pouco de maquiagem.

Seu cabelo também estava preso e ela parecia, bem, alegre.

Ele podia imaginar como ela deve ter ficado radiante ao conhecer Andy.

"Você quer me dizer o que aconteceu?"

Tudo começou com as mensagens de texto que ele recebeu naquela tarde.

"Ele pegou um vôo mais cedo para casa e apareceu no escritório procurando por mim, só que eu não estava lá. Então ele parou na minha casa e eu também não estava."

"Uau", disse Bob.

"Eu disse a ele que estava bebendo com as meninas e acabamos na sua casa."

"O que ele disse sobre isso?"

"Isso realmente não importa", Nancy deu de ombros. "Ele queria me encontrar em minha casa, mas eu o deixei esperando. Disse a ele que precisávamos conversar, então saímos para jantar."

"Como foi isso?"

Nancy revirou os olhos e suspirou.

"Conversamos muito. Ele se desculpou pelas coisas que aconteceram e também foi honesto. Não acho que estava certa em dizer a ele que Chris tinha me mostrado aquela foto, porque então ele queria saber por quanto tempo ele sabia que estava sendo 'travesso'."

"Como se isso importasse."

"Eu sei, certo? Quer dizer, foi ele quem me traiu, não eu. Então, que diferença fez quando e como eu descobri?"

"Ainda acho que foi bom você ter contado a ele", disse Bob.

"Talvez eu não saiba", disse Nancy, torcendo as mãos no colo.

Ela ficou em silêncio por um momento antes de continuar, como se estivesse reunindo coragem para contar a próxima parte.

"Ele me disse que me ama."

"Ele disse isso ao telefone também", observou Bob.

"Eu sei."

"Você ama ele?"

"Achei que ainda poderia amá-lo depois do que ele fez. Quer dizer, dissemos 'eu te amo' um para o outro, mas só porque você diz isso, isso significa alguma coisa? São apenas palavras, certo?"

"Não para mim."

"Eu sei", disse ela, olhando para as mãos por um momento. "Eu não disse a você o que fizemos juntos, foi errado?"

"Não sei", disse Bob, dando de ombros. "Fizemos algo realmente ruim? Coisas aconteceram com Any e Julia também, então o quão ruim foi?"

"Você realmente não se lembra, não é?" Nancy perguntou com um pequeno sorriso.

"Acho que você se certificou de que eu não me lembrasse de nada da noite passada", disse ele, acusando-a.

Parecendo muito culpado, ele acenou com a cabeça antes de confessar:

"Mas você sabe de algo? Estou feliz que aconteceu."

"Você está feliz com o que aconteceu?" Bob perguntou, irritado com sua memória turva após as doses de tequila.

"Você não tem ideia de quão quente você é comigo."

"Chega", disse ele, revirando os olhos.

Foi bom ouvir isso, mas não acreditei, especialmente vindo de Nancy.

Ela tinha uma reputação de namorar homens bonitos que podiam trabalhar como modelos e ela merecia esse calibre de homem também.

"Eu tenho um nariz grande."

Não era a primeira vez que ela o chamava de excitante, mas ele ainda não acreditava nela.

"Você tem um nariz grande", disse ele, cutucando-o. "Combina com o seu rosto e faz você parecer interessante."

"Interessante não é bonito."

"É melhor do que o rosto bonito e entediante de Andy."

"Termine de me contar sobre ele", disse Bob, com medo de que eles se afastassem muito do assunto.

"Você sabe o que eu gostei no Andy?" ela perguntou. "Às vezes ele me fazia rir como você."

"Isso é bom."

"Exceto que era apenas às vezes."

"Ok, agora pareço interessante e divertido", brincou ele.

Nancy ignorou seu humor autodepreciativo.

"Você sabe o que mais eu gostava dele? Às vezes ele abria a porta para mim ou puxava uma cadeira de um restaurante."

"Isso também é bom", disse Bob.

"Exceto que você faz isso o tempo todo. Você se lembra desta tarde antes de eu sair? O que você fez?" ela perguntou.

Ele deu de ombros, sem saber o que queria dizer.

"Você ficou na garagem até eu sair."

"Assim?" Eu pergunto.

"Mas você sempre faz isso. Sempre."

"Uh-huh," ele admitiu, certo de que provavelmente havia se esquecido de fazer isso algumas vezes.

Ninguém era perfeito.

"E o jeito que você beija! Droga Bob, ninguém nunca me beijou como você."

"Posso dizer o mesmo para você", disse ele, rejeitando todo o crédito. "Mas o que isso tem a ver com Andy?"

"Porque você é a razão de eu terminar com ele."

"Eu?" ele perguntou, mais confuso do que nunca. "Mas porque?"

"Porque eu te amo", ela retrucou.

"E eu te amo", disse ele automaticamente.

Foi uma resposta fácil e automática.

"Não, quero dizer, eu realmente te amo."

"E eu realmente te amo", respondeu ele, sem perceber a diferença.

"Droga", disse ela, parecendo exasperada.

Nancy se inclinou e o beijou.

Foi um beijo profundo e intenso que eu não esperava.

Ele a beijou de volta, feliz por sentir seus lábios contra os dele novamente.

Com Andy de volta à cidade, não pensei mais que eles fariam isso.

Exceto, se ela tivesse terminado com Andy, talvez ela estivesse bem de novo?

Nancy deslizou a mão entre as pernas dele e começou a acariciá-lo.

Bob se afastou, quebrando o beijo e a encarou.

"Tem certeza que devemos fazer isso?" Eu pergunto.

"Sim", disse ele, deslizando a mão dentro do cós do short até tocar sua masculinidade raspada e lisa.

Ele se inclinou para outro beijo.

Por um longo momento, Bob se sentiu perdido na alegria dos lábios dela contra os dele e na emoção de seu toque antes de se afastar novamente.

"Mas você está solteiro agora."

"Eu sei", disse ela, levantando-se e apalpando o vestido de verão.

Ele encontrou o zíper escondido debaixo do braço.

Quando ela abriu o zíper do vestido, o vestido caiu até os tornozelos e revelou seus seios perfeitos.

Bob ficou boquiaberto com a nudez dela, surpreso com o quão perfeita ela parecia.

Bob lutou tentando olhar para o rosto dela em vez de olhar para os seios nus.

Por mais superficial que parecesse admitir, ele não conseguia se lembrar de uma época em que não tivesse admirado o peito dela.

Ele estudou os seios de Nancy, notando quando seus mamilos estavam duros, seu tamanho e forma.

Ele admirava sua forma quando ela estava coberta com suéteres, coletes ou balançava suavemente dentro de uma camiseta justa.

Mas nenhuma de suas suposições poderia prepará-lo para vê-la de topless, vestindo apenas calcinha.

Ele parou de tentar ser tímido olhando para o peito dela.

"Eles são lindos", disse ele com um sentido de reverência.

Nancy riu, montou em suas pernas e levou as mãos ao peito.

"Está tudo bem se você tocá-los."

Bob imediatamente capturou seus mamilos entre seus dedos e polegares, suavemente balançando e torcendo seus gêmeos e rígidos pontos de prazer.

Ela engasgou e sorriu.

"Eu deveria saber que você era bom em interpretá-los."

Ela se inclinou para outro beijo e Bob continuou explorando seus seios, percebendo que tipo de toques a faziam gemer ou beijá-lo mais profundamente.

No pequeno espaço entre eles, ela tateou entre as pernas dele, esfregando sua dor com força.

Nancy interrompeu o beijo, levantou-se e sorriu para ele.

"Tire sua camisa", disse ele, enganchando os polegares dentro do cós da calcinha dela.

Ele tirou a camisa o mais rápido que pôde, não querendo perder um momento dela tirando a calcinha.

Com um sorriso malicioso, ela se revelou da cabeça aos pés, tão nua e barbeada como ele.

Inclinando-se, ela tentou tirar seu short, mas ele a impediu.

"Eu não acho que nós dois devemos estar nus", disse ele.

Seus shorts justos eram sua única proteção contra ir longe demais.

"Mas eu te amo", disse ela, tentando puxar novamente o short.

"E eu te amo," ele admitiu, incapaz de evitar passar a mão pelo corpo.

Seu toque resultou em outro beijo quando ela se levantou e se inclinou sobre ele.

Mais uma vez, as mãos dele encontraram seus seios e ela não precisou tocá-la entre as pernas para saber o quanto ele a amava.

Sua luxúria se mostrou em seu beijo e como suas mãos acariciaram seu corpo nu.

Se ela permitisse, ele iria agradá-la de todas as maneiras possíveis, exceto que ele sabia que eles não podiam fazer amor.

"Eu te amo", ele repetiu, mais uma vez escarranchado em suas pernas.

Isso tornava o resto de seu corpo muito acessível para ele resistir.

Ele se atreveu a tocá-la entre as pernas, segurando seu sexo e sentindo seu calor.

Sua vagina parecia molhada e tão necessitada quanto sua ereção.

Mais palavras foram perdidas para mais beijos enquanto ele a acariciava.

Ele ficou honrado em sentir seu entusiasmo e compartilhá-lo com ela, mas isso não foi o suficiente para fazê-la mudar de ideia.

"Eu quero isso", ela engasgou, se contorcendo contra ele.

"Não podemos", disse ele, achando muito difícil resistir ao canto de sereia de sua nudez e disposição ansiosa.

Ela deu a ele um olhar triste e desapontado.

"Mas porque?"

"Eu nunca amei alguém tanto quanto você. Isso tem sido verdade desde o dia em que nos conhecemos", disse ele enquanto seus olhos buscavam sua compreensão. "Eu posso viver sem nunca ter você, mas não posso perder você. Se fizermos isso, eu nunca poderei deixá-lo ir."

"Você promete?"

"Estou falando sério", ele insistiu.

"Tudo bem, então vou ficar nua por um tempo", disse ela, saindo de seu colo.

Ele caminhou até a mesa, encheu o resto do copo com Coca Cola e levou-o de volta para o sofá como se nada estivesse errado.

Ela enrolou as pernas sob o corpo e tomou um gole de sua bebida enquanto o observava ver sua nudez.

"Sabe, às vezes eu colocava uma camisa bem apertada em torno de você porque achava engraçado como você se esforçava tanto para não olhar para os meus seios."

"Pirralho", disse ele com um meio sorriso.

Isso se encaixa em Nancy.

Ela faria algo assim.

"Aposto que você estudou minha bunda também, certo?"

Bob sentiu seu rosto enrubescer ao assentir e dizer:

"Você tem uma bunda épica."

"É uma bunda achatada e estreita", disse ele com um suspiro. "Mas obrigada por notar. Você não tem ideia de como é difícil para mim encontrar jeans que caibam."

"Sim, eu sei", disse ele. "Eu tenho feito compras com você, lembra?"

Nancy riu.

"Certo, e você sempre me deu uma resposta honesta. A maioria dos caras nunca arriscaria fazer isso com uma mulher."

"Exceto que somos amigos e não quero perder isso. Não posso. Você significa muito para mim."

"Você também tem uma bunda ótima", disse ele. "Especialmente depois que você começou a correr. Quer dizer, era bom antes, mas agora? Você tem ideia do quanto eu gosto de ver você usando shorts de corrida?"

"Não disse.

"E ainda assim nunca namoramos. Por que isso?"

"Bem, para começar, você sempre teve um namorado."

"Não sei."

Ele tomou um gole de sua bebida antes de colocá-la de lado.

"Eu te amo", disse ele com um brilho nos olhos.

"Eu também te amo", respondeu ele, retornando uma simples declaração de fato.

Por alguma razão, isso não era bom o suficiente para ela.

Ela balançou a cabeça e olhou para ele.

"Não estou dizendo que gosto de gostar de você. Estou dizendo que amo te amar. Lamento, Andy e o resto daqueles caras tiveram que descobrir, mas eu amo te amar e não quero parar, nunca. Nem mesmo quando temos cem anos e meus seios eles caem até a cintura. "

Nancy se levantou e puxou o short.

Desta vez, ele deixou acontecer, seus olhos se encontrando quando ela montou nele.

Ela se inclinou para frente, beijando-o enquanto agarrava seu membro ansioso e latejante.

Ela se levantou, mas antes que pudesse se abaixar ao redor de seu membro inchado e dolorido, Bob agarrou seus quadris e a segurou no lugar.

Antes de acontecer, eu tinha uma última pergunta que precisava responder:

"Ainda podemos ser amigos se fizermos isso?"

"É melhor ficarmos assim", disse Nancy, guiando-o para dentro dela até que seus corpos estivessem tão próximos quanto seus corações sempre estiveram.

CAPÍTULO 28

Eles se abraçaram, segurando seus corpos juntos e se beijando enquanto ela se balançava com ele dentro dela, enchendo-a completamente.

E Bob também se sentia satisfeito.

Ele se sentia como se tivesse passado a vida inteira esperando o momento em que ela se entregaria a ele.

Ele pressionou, precisando estar totalmente dentro dela, tão profundo quanto pudesse, e deleitando-se com a sensação de sua boceta quente e úmida ao redor dele, gentilmente agarrando e agarrando seu pau duro.

Ele moveu as mãos por sua bunda perfeita, colocando suas nádegas e ajudando-a a se mover para cima e para baixo.

Ele sentiu cada parte de seu corpo ao mesmo tempo.

Ele podia sentir seus mamilos rígidos pressionando contra seu peito.

A língua dela dançou com a dele enquanto eles se beijavam com o dobro da paixão emocional que tinham na primeira tentativa de beijo.

Ele sentiu a necessidade e o desejo dela por ele que combinavam com a mesma coisa que ele sentia por ela.

Uma e outra vez, Nancy se levantou e caiu sobre ele, pressionando contra seu pênis enquanto ela gemia profundamente em sua boca.

Ele tinha um jeito incrível de se contorcer enquanto se movia.

Ele sentiu sua vagina tremer, apertando ao redor dela e puxando levemente enquanto ela se levantava apenas para empalá-lo novamente.

Bob tinha fodido outras mulheres.

Ele os sentiu se abrirem para ele, aceitá-lo e atraí-lo mais profundamente para eles com uma necessidade que combinava com seu fogo.

Mas com Nancy, parecia que ela também não queria deixá-lo ir.

Ele passou os braços em volta dela e pressionou para aumentar a sensação de seu corpo contra o dela.

Nancy interrompeu o beijo, jogou a cabeça para trás e gemeu alto quando seu corpo começou a tremer.

Ele engasgou com uma respiração profunda.

Então ela cobriu a boca novamente no momento em que Bob sentiu sua explosão começando entre as pernas dele.

Ele pressionou, mais fundo do que nunca, e gozou com um estremecimento e uma pulsação que ele nunca tinha sentido antes.

Com cada liberação áspera de seu orgasmo, ele sentiu sua boceta apertar ao redor dele, agarrando-se a ele enquanto ela gozava também.

Eles se juntaram nos braços um do outro até que foram reduzidos a uma dupla ofegante e sorridente.

CAPÍTULO 29

"Droga, você está indo muito bem", ela ronronou, cobrindo seu rosto de beijos.

"Eu? Isso nunca foi tão bom. O que diabos você tem aí embaixo?"

"Magia", disse ela, rindo, beijando-o novamente.

Eles se abraçaram por um longo tempo antes que nenhum dos dois quisesse se mover.

"Podemos ter arruinado o seu sofá"

"Ou nós quebramos", disse ele quando ela saiu de seu colo e estendeu a mão.

Depois de conduzi-lo para o quarto, ela começou a banhá-lo de beijos, começando pelos lábios e descendo lentamente pelo peito.

Quando atingiu seu estômago, ele parou e disse:

"Eu tenho uma confissão a fazer. Esta não será a primeira vez que eu caio sobre você."

Bob riu.

"Acredite em mim, em minhas fantasias você já fez isso muitas vezes."

"E eu também fiz na vida real", disse ela, preocupada. "Duas vezes. Uma vez depois da sua festa de trabalho e novamente na noite passada."

Bob a encarou por um longo momento, tentando decidir como se sentia em relação à bomba.

"Fizemos mais alguma coisa?"

Ela balançou a cabeça.

"Você queria?"

Nancy acenou com a cabeça e puxou-a de volta de seu corpo.

"Obrigado", disse ele antes de beijá-la.

"Você não está com raiva?"

"Hum, você me chupou duas vezes e eu deveria estar brava? Você me conhece bem?"

"Eu prometo que desta vez será memorável", disse ela, deslizando pelo corpo dele e fazendo exatamente isso.

***

Eles continuaram a fazer amor juntos até que o sol apareceu pelas janelas e encontrou dois amantes enroscados nos braços um do outro.

Rindo e sorrindo, eles fizeram panquecas juntos, nus.

Depois do café da manhã, Nancy carregou os pratos vazios para a pia e o enxotou quando ele tentou ajudar.

Bob encostou-se no balcão oposto e observou-a se mover, estudando cada curva sua até que ela não aguentou mais.

Ele pressionou contra seu traseiro nu, acariciou sua testa e acariciou seu pescoço.

Ele se lembrou de sua previsão do que aconteceria se eles chegassem ao fim.

"Você ainda se sente culpado por foder seu melhor amigo?"

"Ainda não", disse ela, contorcendo-se contra ele. "Podemos ter que fazer isso mais algumas vezes para isso."

"Você leu a mente dele", disse ele enquanto aninhava sua ereção crescente entre as nádegas dela.

CAPÍTULO 30

A atmosfera dentro do bar parecia mais festiva do que o normal para o quarteto de rostos sorridentes que dividiam uma mesa perto do bar.

Bob tomou sua única cerveja, enquanto Julia e Any insistiram que sempre o viam chegando.

"Você nunca percebeu como Nancy estava olhando para você", observou Any.

"Oh, você tinha que ouvir ela falar sobre você o tempo todo", acrescentou Julia.

Após sua separação de Nancy, Andy solicitou a transferência de volta para Houston.

Enquanto isso, Chris ainda estava sentado no bar como um predador, tentando conversar com qualquer mulher que não estivesse acompanhada.

"Parte de mim sente que deveria estar agradecendo por algo", disse Bob a Nancy com um gesto para Chris. "Mas então me lembro de como ele foi estúpido comigo."

Ele compartilhou a história de como Chris tentou intimidá-lo, dizendo que não tinha chance com Nancy ou Julia.

"Quando isso aconteceu?" Perguntou Nancy.

"A noite em que Julia me depilou."

"Porra, isso foi tão quente", disse Nancy, colocando um beijo nos lábios de Bob. "Eu fiquei tão molhada assistindo isso."

"Você? Eu queimei as baterias do meu vibrador depois que vocês foram embora!" Julia disse.

"E bem, só para você saber, tem sido ótimo continuar barbeada", escreveu Nancy.

"Eu tentei convencer meu namorado a fazer isso, mas ele não vai", qualquer um fez uma careta.

"Bem, sempre que você precisar de um show, é só me avisar", Nancy ofereceu, apertando a coxa de Bob.

"Uau, não posso votar nisso?" ele perguntou, surpreso.

"Na verdade não", disse ele. "Na verdade, me dê as chaves do seu carro."

"Por quê?" ele perguntou, tirando-os do bolso.

"Porque eu me tornei o motorista designado esta noite", disse Nancy, apontando para o garçom e pedindo uma rodada de bebidas.

Quando as bebidas chegaram, Bob empurrou a dele na frente de Nancy e pegou as chaves do carro dela.

"Eu não preciso estar bêbado para o que você planejou."

"Que calor", disse ela, dando-lhe um beijo. "Você acabou de me molhar como o inferno."

E pelos sorrisos ansiosos nos rostos de Julia e Any, Bob percebeu que ela não estava sozinha em como se sentia.

FIM

COMPANHEIRAS DE QUARTO
(DOMINAÇÃO ERÓTICA)
DE
ERIKA SANDERS

CAPÍTULO 1

"Você pode desligar isso, por favor?", Disse Vicky. "Estou tentando estudar aqui."

Pela vigésima vez hoje, a garota, uma caloura, se perguntou que tipo de algoritmo de busca por companheiros de quarto a Universidade estava usando.

Afinal, qualquer pessoa com meio cérebro pode perceber que colocar um aluno de um ramo especializado em serviço social junto com um estudante de um ramo especializado em ciência da computação deve ser evitado a todo custo.

Algumas perguntas de escolha simples funcionariam em um caso como este, para evitá-lo.

Uma direção? Quem consegue estudar com aquela bobagem dessas, no volume máximo, ao fundo?

Pior ainda, quem consegue manter sua sanidade e QI observando caras que são obviamente tão estúpidos?

"Não, está ficando bom", disse Joyce, aumentando ainda mais o volume.

"Muito engraçado", disse Vicky. "Agora abaixe isso, por favor."

"Não consigo ouvir você", gritou Joyce. "O que foi que você disse?"

"Desça." Parte dela queria rir, mas parte dela estava tão furiosa.

"Fale um pouco mais alto", gritou Joyce. "Não consigo ouvir você na televisão."

"Eu disse para tirar"

E de repente, e Vicky não tinha certeza de como, porque ela nunca tinha feito nada assim antes, ela se levantou de seu assento e ao lado de sua colega de quarto, tentando inutilmente arrancar o controle remoto das mãos firmes da garota.

Vicky era uma garota leve, uma leitora típica, muito magra e pálida.

O único esporte que ele experimentou foi o cross country, mas isso foi apenas para preencher seu formulário de inscrição na faculdade.

Portanto, quando o cabo de guerra por controle remoto deu lugar a uma luta corpo-a-corpo, ele sentiu que sua educação nas artes físicas havia falhado muito.

Porque lutar contra Joyce era como lutar contra uma aranha.

Parecia que uma mão ou uma perna estava em todos os lugares que Vicky queria mover.

Sua humilhação piorou porque seu colega de quarto apenas riu de seus esforços para pegar o controle remoto e continuou a rir quando ele desistiu e se contentou em simplesmente deixá-lo ir.

"Não me divirto tanto desde que saí de casa", Joyce riu. "Meus irmãos mais novos e eu assistiríamos o UFC e então tentaríamos jogar um com o outro."

E então ele sentiu como se alguém estivesse tentando arrancar seu braço de seu ombro.

Vicky nunca soube que tal coisa fosse possível.

"Ai ... Ai ..." e então ele continuou dizendo algumas palavras alojadas no fundo de sua cabeça, mesmo aquelas que ele nunca teve razão para usar.

"Pare p...".

Rindo, Joyce disse:

"Eu costumava fazer meus irmãos reclamarem com minha tia porque uma garota havia batido neles."

Parecia que sua junta estava prestes a se soltar.

Vicky nem teve tempo para pensar.

"Por favor ... oh ... porra ... porra!"

"Isso é chamado de barra de braço", disse Joyce, quando soltou sua colega de quarto. "Uma vez que você está preso nisso, realmente não há outra saída a não ser se submeter."

CAPÍTULO 2

Ele pegou o controle remoto, examinou-o rapidamente e jogou-o na cama.

"Você fez com que as baterias caíssem. Encontre-as e coloque-as de volta."

Isso não foi muito agradável.

Não quando o ombro de Vicky doía tanto.

Ele se perguntou se havia sofrido algum dano permanente.

Mas ele adivinhou que em algum momento fez com que as baterias caíssem.

Engolindo um pouco de indignação, ele começou a procurar as duas pilhas AAA, encontrou-as e recolocou-as no controle remoto.

Finalmente, ele foi capaz de retornar à sua tarefa, isso havia perdido muito de seu precioso tempo.

"E conserte minha cama", disse Joyce. "Toda aquela luta bagunçou tudo."

Ela estava levando as coisas longe demais.

Em primeiro lugar, Vicky foi a vítima da luta, não a vencedora.

E o mais importante, a cama estava uma bagunça durante a maior parte da semana.

"Eu não sou sua empregada", disse Vicky, e voltou para sua mesa.

Só que ela nunca fez isso.

Ela só deu dois passos antes de Joyce voltar para ela, atacando como uma cobra.

Joyce estava esperando por uma desculpa para continuar a luta.

Ela continuou a lutar com sua colega de quarto.

Ela tinha lutado com seus irmãos muitas vezes.

Ela era mais velha, mas eles eram meninos, fisicamente superiores, mas mesmo assim Joyce era mais inteligente e um pouco mais implacável.

Foi divertido.

Foi um desafio, e Joyce ganhou mais do que perdeu.

Por outro lado, isso não foi um desafio para Joyce.

Aqui estava uma conclusão precipitada.

Vicky não era apenas uma mulher fraca, mas a garota não tinha ideia de como se defender.

Lutar contra o pequeno nerd não deve ser muito divertido.

Deve ser chato.

Mas era tudo menos enfadonho.

Foi...

.. emocionante.

CAPÍTULO 3

Os mamilos de Joyce se endureceram em balas.

Seus lados estavam quentes e suados.

Na verdade, tinha sido um pouco emocionante brigar com seus irmãos quando ele podia sentir a pressão ocasional de uma ereção, sabendo o quanto isso os embaraçava.

E um pequeno formigamento cada vez que iam prantear a tia.

Mas isso, oh sim, isso era dez vezes melhor do que isso.

Joyce lutou com sua colega de quarto.

Pressionando seu sexo na garota.

Trabalhando nisso.

"Ei," Vicky ofegou sem fôlego.

Ela estava tão cansada que era impossível se defender.

Ele sentia que não conseguia respirar.

"Você não pode simplesmente se submeter. Eu nem te dei uma chave." Joyce disse enquanto agarrava a perna dela, colocava as pernas em volta da garota, agarrava seu tornozelo e a girava.

Pronto.

"Cadela!" Vicky gritou.

"Isso é chamado de chave de tornozelo", disse Joyce enquanto liberava a pressão, mas não a liberava. "Você vai fazer minha cama agora?"

"Sim ..." Vicky reclamou.

Joyce pressionou um pouco mais forte o tornozelo da garota mais uma vez.

"E você vai limpar o chão e guardar minhas roupas."

"Ummmm ... ok." Vicky engasgou.

"Isso é divertido", exclamou Joyce, agarrando a garota novamente. "Eu me pergunto o que mais eu posso fazer você fazer."

"Eu disse que limparia o chão!" Vicky protestou sem sucesso.

A luta continuou.

Foi um assunto muito unilateral.

A pobre Vicky estava exausta, mas fez um grande esforço para escapar das garras de sua colega de quarto, embora tivesse desistido totalmente de lutar desde pequena.

"Você é tão frágil", Joyce continuou com seus comentários enquanto tentava um movimento e depois outro.

Ele nem se incomodou com as apresentações, ele estava apenas tentando ver em que posição poderia colocar seu colega de quarto.

Um novo movimento.

O calor ressurgiu em seu corpo quando ele olhou para a bunda de Vicky.

Sua camisola tinha levantado, e a posição em que estava fez com que sua calcinha se prendesse na fenda de seu traseiro.

Joyce conseguiu até ver um pouco do buraco apertado da garota devido à cunha que havia sido causada.

A pobre Vicky podia sentir a brisa fresca em sua bunda, mas não havia nada que ela pudesse fazer a não ser tentar manter as costas retas.

Havia ainda menos que ela poderia fazer sobre isso quando seu parceiro puxou o rabo de cavalo para trás.

Ela arqueou as costas e foi forçada a cair ainda mais sobre as pernas.

Se ele não estivesse com tanta dor, a humilhação de sua posição teria sido muito mais aguda, embora já fosse mortificante em si mesma.

"Cara," Vicky engasgou. "Foda-se foda-se."

"Você nem está tentando se defender", disse Joyce. "Estou começando a me perguntar se você gosta de ser maltratada."

"Eu não quero lutar com você." Vicky reclamou. "O que ... o que você está fazendo?"

O que Joyce estava fazendo?

Vicky tentou se virar, mas Joyce plantou-se no arco das costas.

Em sua condição debilitada, não havia como Vicky ignorar a outra garota.

E o pior? O pior?

A pobre Vicky podia sentir os dedos dele agarrando a faixa de sua calcinha e puxando-a para baixo.

"Deixe onde está," Vicky pediu.

Mas agora, a calcinha estava fora de alcance.

Tudo o que ele podia fazer era tentar abrir as pernas para evitar que as tirasse completamente.

Mas esses esforços fracos não iriam deter a garota mais forte.

Não, por um momento Joyce mudou seu peso para as coxas de Vicky e, em seguida, despiu abruptamente a calcinha da garota.

"Devolva-os para mim", disse Vicky. E então, com a voz trêmula, ele acrescentou. "Estou falando sério."

"Agora, você vai colocar pelo menos um pouco de esforço?" Joyce perguntou.

Suas narinas dilataram-se.

Deus, ela era tão quente.

E olhar para as nádegas macias do traseiro de sua colega de quarto a estava deixando ainda mais quente.

"Devo pegar algo mais de você?"

"Não siga!" Vicky exclamou.

Oh, ela se esforçou ao máximo para dizer isso.

Havia algo extremamente embaraçoso na situação e ela queria esconder esse sentimento de Joyce.

Mas logo ele tinha outras coisas em que pensar.

Uma surra.

CAPÍTULO 4

Outra surra.

Merda, como dói.

A ansiedade de seu companheiro de quarto.

Tire sua calcinha e depois bata nela!

Oh, ele ia fazer a garota pagar ... de alguma forma.

De alguma forma.

Palmada.

Palmada.

Mas primeiro, Vicky teve que deixar ir.

"Mostre-me o que tem." Joyce disse, e então ela bateu nele mais quatro.

Ela podia ver as impressões das mãos delineadas em vermelho na pele esbranquiçada de sua colega de quarto.

Porra, ela era gostosa, muito gostosa.

"Vamos. Lute comigo. Fraco."

"Agghhh!" Vicky gritou desafiadoramente, sua raiva afastando sua preguiça.

Ela gemeu como um animal preso.

Ela chutou.

Ela puxou o cabelo do outro.

Ela se afastou.

Ela se contorceu.

Ela lutou.

No entanto, ela continuou perdendo.

Não apenas a luta livre, mas também a camisola.

Ela agora estava totalmente nua.

Seu rosto estava vermelho pelo esforço e por ser pressionado com tanta força contra o chão de ladrilhos.

Ela só havia chegado perto de escapar das garras de Joyce duas vezes.

Mas cada tentativa parecia expor mais seu corpo e cansá-la ainda mais agora que a descarga de adrenalina havia passado.

"Vamos, Vicky, siga em frente. Não fique aí parada." Joyce incitou a garota prostrada, dando mais algumas chicotadas.

As palmadas que ela estava dando a ele agora não eram mais duras.

Mas eles eram bastante variados.

Ele estava mirando com cuidado, certificando-se de transformar cada centímetro da pele esbranquiçada da bunda de Vicky, que antes era perfeita, em um vermelho profundo.

E tão importante quanto, Joyce fez seus lábios sexuais pressionarem firmemente contra o inchaço da bunda de sua colega de quarto, de modo que a luta fosse transmitida diretamente para seu sexo ardente.

Ele esperava que Vicky não pudesse sentir o cheiro de seus sucos.

O aroma já era muito forte.

Mas, por outro lado, a pobre Vicky há muito desistiu de que sua colega de quarto não descobrisse o estado de seu sexo muito úmido.

Ela estava pingando.

Ela podia sentir o ar esfriando ela.

Nunca havia sido combatido e açoitado.

Mas ela estava animada.

Ele lutou uma última vez, mas da última vez tentando enganar Joyce.

Pelo menos é o que ela disse a si mesma.

No entanto, suas lutas não cederam a Joyce.

A luta só fez suas coxas se espalharem, então seu sexo quente agora deslizou contra o chão frio.

Deus.

Ela estava deixando uma pegada de lesma no chão.

Parecia ... Deus parecia divino.

Ela nunca pensou que isso pudesse acontecer.

"Ugh" Com um grunhido, Vicky começou a bombear os quadris.

Deus, ele não podia acreditar que estava fazendo isso.

"Meu Deus, Vicky", disse Joyce. "Você está encharcado."

As bochechas de Vicky queimaram de humilhação.

Sua vergonha secreta fora descoberta.

Pior ... meu Deus. Vicky podia sentir um dedo sondando seu sexo molhado.

Não havia segredos para ele após tal exame.

"Você gosta de levar um tapa? É assim que você faz com seu namorado?" Joyce brincou. "Essa é Vicky? Ser espancado te excita?"

"Não," Vicky mentiu.

Mas ela não queria tentar impedir seu parceiro de mover os dedos sondando-a.

Eles pareciam muito bem.

Estava bom demais

"Acho que sim", disse Joyce. "Sua boceta disse sim, certo?"

"Não ..." Vicky gemeu.

Deus, a garota a estava deixando louca.

"Acho que você está realmente gostando de tudo isso", disse Joyce. "Vamos descobrir."

Oh, Deus. E agora que? Vicky pensou ao sentir Joyce misteriosamente deslocar seu peso em cima dela antes de abruptamente capotar novamente.

Foi então que ele descobriu o que Joyce tinha feito.

Sua calcinha estava fora.

Vicky podia ver a bunda nua de sua colega de quarto enquanto a garota a montava em cima de seu peito, suas canelas cravando os pulsos de Vicky no chão.

Joyce lambeu os lábios enquanto olhava para o corpo totalmente nu e indefeso de seu colega de quarto nerd.

"Acho que isso precisa de uma investigação completa."

"Chega," Vicky ofegou.

Ele não tinha ideia do que uma investigação completa implicava, mas não queria fazer parte dela.

No entanto, Joyce tinha exatamente isso em mente.

Uma investigação completa de sua vagina.

Os lábios rosados e inchados de Vicky se separaram.

"Molhado e gordo." Joyce disse. "E olhe para este clitóris. Ela está praticamente implorando por uma carícia."

"Não, não é". Vicky protestou com uma voz estridente e trêmula.

Suas coxas se fecharam brevemente em desafio.

"Acho que sim", Joyce acariciou a fenda úmida de Vicky.

Passando o dedo para cima e para baixo em seu corte rosa.

Vicky engasgou e suas coxas se separaram novamente, oferecendo o pequeno botão doce entre suas coxas.

Joyce sorriu e manteve seu toque, acariciando o clitóris de Vicky de vez em quando.

Trabalhar a garota até que ela atingisse um nível febril.

Vicky de repente percebeu que ele iria forçá-la a gozar.

Uma garota iria fazê-la gozar.

Ele sempre tinha ouvido histórias de garotas experimentando na faculdade, mas nunca pensou que seria uma dessas garotas.

Mas o calor dentro de seu intestino a convenceu do contrário.

Mas então aqueles dedos suaves e doces foram puxados, deixando-a flutuando à beira do orgasmo.

Ele a acariciou muito suavemente e então a fez flutuar fora do alcance do orgasmo.

A mente de Vicky ainda estava confusa.

Uma coisa era ser forçado preso sob outra garota, os braços presos e incapaz de se mover, mas outra bem diferente. ... levante seus quadris estreitos, buscando aquele toque doce.

Isso significa que ela estava participando.

E antes que ela pudesse tentar processar sua colega de quarto pelas liberdades que ela havia tomado.

Agora ela estava ... levantando os quadris, buscando o toque de Joyce ... cada vez mais alto ... ali ... ahhh ... bem ali.

É isso, Joyce disse a si mesma enquanto balançava os quadris de Vicky, fazendo-os começar a empurrar e bombear o melhor que podia em uma posição tão estranha.

Vem a mim.

Você vai ter que ir muito mais longe antes que eu termine com você.

CAPÍTULO 5

"Eu disse que você gostava dela", brincou Joyce, apertando levemente o clitóris inchado de Vicky. "É verdade, não é?"

O lado da pobre Vicky estava começando a doer de necessidade.

Ela ergueu os quadris até que seu abdômen tremeu, mas não foi alto o suficiente para colocá-la em contato com os dedos de Joyce.

Não havia nada que ele pudesse fazer se não admitisse a verdade.

"Sim." Vicky gemeu quase sem fôlego.

Tapa-tapa-tapa.

Joyce deu um tapa no sexo de Vicky, espalhando todo o seu néctar no processo.

Os quadris de Vicky dispararam.

A sensação não foi dolorosa, mas foi chocante.

Pior ainda, ele perseguiu seu orgasmo.

Foi decepcionante, mas ele gostou mesmo assim.

A sensação de necessidade que ela experimentou e seu desamparo a assustaram profundamente.

Ele estava com medo ... oh, Deus, o que aquela garota horrível estava fazendo com ele agora?

Ele a estava esfregando novamente.

E esfregando do jeito que ela gostava.

Agora ela estava abrindo suas coxas por sua própria vontade novamente.

Fazendo seu sexo ficar tenso por dentro.

Fazendo cãibras dançarem em sua virilha.

Fazendo seu coração disparar.

Foi então que Vicky percebeu que podia ver o buraco estreito e apertado de sua colega de quarto e sua fenda pressionada contra o peito.

Ele podia sentir a umidade dela escorrendo por seu peito.

Ele podia sentir o cheiro do doce almíscar de seu sexo.

Se pudesse libertar as mãos, estaria disposta a acariciar Joyce, esperando que a garota parasse de incomodá-la e talvez terminasse de agradá-la.

Mas Joyce tinha suas próprias ideias.

Ela estava bem ciente de que Vicky estava indefesa sob seu comando, e igualmente ciente do efeito que seus jogos estavam tendo sobre ela.

Ele estava bem ciente de que ela estava lentamente movendo sua bunda cada vez mais perto do rosto de sua colega de quarto.

Vicky sempre teve notas próximas às mais altas de sua classe.

Ela era brilhante e inteligente.

Ela se considerava uma pensadora profunda, mas pela primeira vez, ela estava tendo dificuldade em pensar.

O calor fluiu por seu intestino e seu sexo doeu com a necessidade.

A bunda de Joyce estava bem na frente dela.

Apenas um centímetro de seus lábios.

Vicky alcançou seus lábios desejados.

As narinas de Joyce dilataram-se quando ela sentiu os primeiros beijos hesitantes.

Ah sim.

Era bom, embora ela quisesse um pouco mais de estimulação.

E ele a teria antes de tudo ser dito e feito.

"Você gosta da minha buceta?" Joyce perguntou, enquanto se inclinava para frente, e soprou sua respiração no sexo excitado de Vicky.

"Sim," Vicky sussurrou, abrindo as pernas, ansiosa para que Joyce a lambesse ... lá embaixo.

"Lamba-me", ordenou Joyce. "Lamba minha boceta."

Vicky podia sentir a respiração de cada palavra em sua boceta.

Joyce estava tão perto.

Tão perto de lambê-la e fazê-la gozar.

Eu tinha certeza que outras garotas provavelmente experimentavam assim.

Isso não a tornava gay.

Ele nem sabia se iria gostar.

Sua língua escorregou e ele fez uma tentativa de busca.

E não foi tão ruim.

Ela fez de novo, um pouco mais determinada desta vez.

"Oh, sim, isso é divino", disse Joyce com voz rouca. "Lamba minha boceta. Mais rápido. Oh sim ... assim, continue assim."

Lamba-me também, Vicky queria dizer.

Mas sua boca estava ocupada de forma diferente agora e Joyce estava sentada novamente, então Vicky estava literalmente com a boca cheia de boceta e seu nariz estava ... ela nem queria pensar sobre onde seu nariz estava.

"Garota safada", Joyce ronronou. "Você está brincando com o meu ânus também? Hmm ... é bom. Você quer que eu brinque com o seu?"

"Uffff ..." Vicky protestou.

Não.

Não, ela nem queria o nariz onde estava, muito menos ser tocada ... lá atrás.

Mas então um dedo encharcado de suco estava sendo empurrado abruptamente pelo seu esfíncter.

Era estranho ter algo preso naquele buraco, mas ainda mais estranho era ter algo empurrando, quando a direção sempre foi para fora.

Ela não queria ser invadida ali, pelo menos ela não achava que queria.

Isso a deixou ainda mais impotente.

Oh Deus ... tão indefesa lutando para respirar, lambendo e sendo fodida agora com dois dedos em sua bunda.

Ela não deveria ser tratada assim.

E isso certamente não deveria ser tão quente quanto a situação estava sendo.

Ela não deveria estar lambendo a buceta de uma garota.

Muito menos uma garota que tinha sido tão má com ela.

"Bem aí ... bem aí ... bem aí ... oh meu ... oh meu ..." Joyce gemeu, seus quadris cavalgando a garota indefesa presa embaixo dela.

Alcançando e agarrando os mamilos da garota entre o polegar e o indicador e puxando para cima.

Sentindo o protesto angustiado da garota engasgando com a buceta.

Amando a língua ágil que agora acelerava mais rápido do que o humanamente possível.

Por ter apenas um copo B, Vicky não era muito talentosa quando se tratava de seios, mas o que faltava em circunferência, ela compensava em sensibilidade.

E ter seus mamilos esticados assim doía!

Embora a experiência também tenha lançado raios de prazer diretamente em seu sexo.

Mas tudo isso foi demais.

Também.

Ela lambeu Joyce por tudo que sentia, na esperança de terminar seu clímax rapidamente, junto com o tormento em seus mamilos.

"Oh sim, sim, oh sim. Isso, yeahiii." Joyce gemeu.

Seus movimentos mudaram de intensidade para um movimento lânguido quando seu orgasmo atingiu o pico e começou a diminuir.

Com seus quadris fingindo ser uma espécie de saca-rolhas enquanto ela usava o nariz de sua colega de quarto para agradar seu ânus.

CAPÍTULO 6

"Agora é a sua vez", disse Joyce. "Você quer que eu faça você gozar?"

"Sim." Vicky admitiu.

Ele não só queria vir, mas também merecia vir depois de tudo o que havia sofrido nas mãos dessa garota.

"Mmmm ..." Joyce ronronou enquanto esticava as pontas dos dedos pelo corpo esguio da garota.

Lentamente indo para o sexo super molhado de Vicky.

"Que buceta safada e suja você tem", disse Joyce, olhando para algo em uma pequena sacola de cosméticos aberta ao lado da cama de Vicky.

Ele o pegou e apertou o botão liga / desliga.

Ele podia sentir as vibrações até os dedos.

"Acho que precisa de uma boa limpeza por dentro."

Vicky não tinha ideia do que a garota estava falando.

Ele podia ouvir um zumbido familiar, mas não conseguiu localizar o som.

"Oh!" Vicky engasgou quando sentiu o primeiro toque elétrico, seus quadris girando para escapar da sensação avassaladora.

Mas ele logo percebeu o que estava sentindo e também percebeu como se sentia bem.

Merda.

Oh merda.

Era sua escova de dente.

Joyce deve ter tirado de sua bolsa de cosméticos.

Jesus ... ela não tinha sobressalente.

Eu teria que ... oh, Jesus.

Ela iria gozar.

Ela estava tão dura pra caralho.

E com uma reação involuntária ao estímulo, Vicky franziu os lábios e beijou o que estava na frente dela e que acabou sendo o traseiro musculoso de sua colega de quarto.

"Oh baby, isso é tão bom." Joyce ronronou. "Você já teve alguém fodendo essa boceta? Quero dizer, realmente fodeu?"

"Mmmmmmm" Vicky gemeu e abriu as pernas o máximo que pôde.

"Vamos diminuir o ritmo, baby", disse Joyce. "Temos a noite toda."

Joyce usou a escova de dente nos mamilos de Vicky e a deslizou para cima e para baixo em sua fenda.

Mas não o suficiente para levar a garota ao limite.

Ela sorriu maliciosamente.

Ela estava ficando boa nisso.

Vicky gemeu.

Seus quadris bombearam, dando boas-vindas às vibrações de alta frequência, sempre que Joyce achou por bem deslizar para baixo onde lhe fizesse mais bem.

Oh, meu Deus.

Ela iria gozar.

Ela iria gozar muito forte.

E então Joyce retirou sua escova de dente e deu um tapinha no sexo excitado de Vicky.

"Oh Deus ..." Vicky engasgou, seus quadris empurrando, e morrendo com o contato.

Mesmo para esses tapinhas dolorosos que a empurraram para longe do clímax.

Ela tentou libertar os braços presos.

Ela tentou encontrar alguma sensação que a levasse ao limite.

A pobre Vicky não sabia o que fazer.

Embora seu corpo tivesse algumas idéias.

Ele beijou o traseiro musculoso na frente de seu rosto novamente.

Ele o beijou e beijou mais um pouco.

"Mmmm ..." Joyce disse, deslizando a mão lentamente em direção ao sexo inchado de Vicky.

Colocando a outra mão em suas nádegas, estendendo-as.

Vicky podia ver o buraco proibido enrugado de sua colega de quarto aberto.

Não.

Ele apenas beijou o traseiro da garota porque não havia mais nada para ela beijar.

No entanto, ela não tinha intenção de beijar isso.

Nem um pouco.

No entanto, Vicky podia sentir o quão perto a escova de dentes vibrante estava de seu sexo dolorido.

Muito, muito perto.

Vicky tomou uma decisão rápida.

Ela lamberia Joyce um pouco mais se isso fizesse a garota chegar ao clímax.

Só que ela lamberia o buraco certo.

Curvando o pescoço em um ângulo complicado, Vicky tentou obter acesso ao sexo de Joyce com a língua.

Oh não, não! 'Joyce pensou.

Ele brincou com o mamilo de Vicky com a escova de dentes e usou a outra mão para brincar com o outro mamilo, circulando e ocasionalmente puxando, às vezes cruelmente.

Ele então mudou o tratamento para o outro seio, antes de finalmente deslizar a escova de dentes vibratória perto do sexo de Vicky.

Ela começou a bater levemente no clitóris inchado de sua colega de quarto com a cabeça.

Deus, estou indo, foi o único pensamento de Vicky.

Ele não conseguia acreditar no que estava acontecendo com ele.

Ela não podia acreditar que estava prestes a ... ela franziu os lábios e o beijou.

Ele beijou o ânus tenso e enrugado que Joyce estava mostrando a ele.

Oh, Deus. Oh, Deus.

Não posso acreditar que isso esteja acontecendo, Joyce pensou consigo mesma.

Ela se deleitou com o momento, mas queria mais.

Ela começou a deslizar a escova de dentes para cima e para baixo na fenda molhada de Vicky mais uma vez.

Trazendo a garota para o limite.

Assistindo seus quadris escorregarem e bombearem.

Oferecendo seu sexo, agora encharcado, para estimulação.

"Garota mau." Joyce sussurrou.

E ele fustigou aqueles lábios franzidos com a palma da mão.

Bofetadas com força suficiente para doer e, portanto, não há dúvida na mente de Vicky sobre quem estava no comando.

CAPÍTULO 7

Como se Vicky tivesse alguma dúvida neste momento.

A única coisa em que ela conseguia pensar era na necessidade dolorida dentro dela que precisava de estímulo.

Era disso que ele precisava, encontrar algum tipo de excitação para sua libertação desesperada.

Ele não pensava mais na vergonha ou no que estava fazendo de errado.

Seus únicos pensamentos estavam centrados ali, entre suas coxas, e que as sensações que ele recebia estavam conectadas ao que ele estava fazendo com os lábios e a língua.

Porque Vicky há muito ocupava aquele orifício proibido com leves beijos hesitantes.

Agora ela lambeu.

Ela beijou seriamente.

Ela sondou com a língua.

Conduzindo-a para dentro o melhor que podia.

"Isso é muito sujo", Joyce arrulhou. "E eu pensei que você era apenas bom em se vestir, quando na verdade você era um pouco pervertido. Você acha que eu deveria deixar você correr? Você é meu pequeno pervertido?"

"Mmmmmmm ... sim ..." Vicky murmurou, sua boca plantada firmemente na bunda tonificada de sua colega de quarto.

"Então faça com que essa sua boceta suja venha aqui onde eu possa alcançá-la", disse Joyce. "E melhor se apressar antes que essas baterias acabem."

A pobre Vicky arqueou mais a pélvis para dar melhor acesso à colega de quarto.

No entanto, ele descobriu que o zumbido da escova de dentes ainda estava muito longe.

Tentador, mas fora de alcance.

Vicky arqueou sua pélvis ainda mais.

Ele sentiu o toque elétrico brevemente.

Oh, Deus.

Ainda não era o suficiente.

Ele levantou os pés e depois os joelhos.

Seus quadris não tocavam mais o chão.

Certamente isso seria o suficiente.

Simplesmente não era o suficiente.

"Por favor ..." Vicky murmurou.

"Você não quer?", Brincou Joyce. "Venha e pegue."

Oh, como ela queria.

Vicky ficou na ponta dos pés e empurrou a pélvis para a frente pela última vez.

Suas panturrilhas e coxas tremeram.

Ela não poderia manter esta posição por muito tempo.

Ele rezou para que fosse alto o suficiente.

Joyce tocou a escova em seu clitóris e lábios inchados e contou 'Uno' em sua cabeça.

Então ele decolou e contou 'Dois. Três ".

Então suba novamente para um 'Um'.

Depois, volte para mais dois.

Acima e abaixo.

Ligado e desligado.

Ligado e desligado.

Joyce ergueu a mão e puxou Vicky em seu traseiro.

Droga, aquela língua era divina com D maiúsculo.

Ele poderia se acostumar com esse tipo de mimos.

"Não vou durar muito mais assim ... não vou durar ... não posso ... não posso ..." Vicky repetiu em sua mente.

Seus músculos queimaram.

Sua coxa estava com cãibras.

Ela estava morrendo de vontade de endireitar a perna e esperar que o nó dolorido diminuísse, mas estava com medo de perder as sensações da escova de dente mais uma vez.

Era difícil respirar presa ali sob as nádegas musculosas de sua colega de quarto.

Ele ficou em posição e ignorou seus membros e ligamentos protestantes, ainda lambendo seu ânus tanto quanto podia.

A sensação maravilhosa começou no fundo de seu intestino.

Oh merda.

O calor acumulado.

Então tudo pareceu se derramar ... surgindo como um enorme maremoto.

Cumming.

Oh Deus, ela estava gozando.

Nunca antes ela sentiu um clímax de tal magnitude.

Até Joyce estava com ciúme da reação de sua colega de quarto.

As pernas trêmulas, o sexo penetrante, os gemidos altos sob sua bunda, o jato de suco da garota derramando no chão de ladrilhos.

Oh sim, foi um clímax e tanto.

Joyce tinha certeza de que um orgasmo como aquele não seria suficiente para sua colega de quarto.

CAPITULO 8

E não foi o suficiente.

Claro, Vicky disse a si mesma que nunca mais se comportaria assim.

Mas no dia seguinte, Vicky não pôde deixar de pensar no que acontecera com sua colega de quarto.

Sendo abusado.

Palmada.

Para ser ridicularizado tão cruelmente.

À medida que se aproximava a hora de voltar para o quarto, ela ficava cada vez mais ansiosa.

Joyce faria algo com ela quando ela voltasse?

Ela queria que Joyce fizesse algo com ela?

Vicky podia se sentir suada.

Ele podia sentir sua calcinha ficando molhada.

Deus ... e se Joyce percebeu isso?

Eu presumo que Vicky queira mais.

Com dedos trêmulos, Vicky inseriu a chave na fechadura da porta do quarto e destrancou-a.

Joyce estava lá em sua mesa ... nem mesmo reconhecendo sua presença.

Talvez toda aquela ansiedade tenha sido em vão.

O silêncio se tornou desconfortável.

"Oi ..." Vicky deixou escapar e amaldiçoou seu discurso hesitante.

"Oh, oi Vicky", disse Joyce, virando a cadeira para olhar para ela.

O olhar de Vicky disparou como um ímã entre as coxas de sua colega de quarto.

A garota estava vestindo uma saia curta e sem calcinha.

Sua pequena fenda encaracolada estava lá, olhando para ela descaradamente.

A garota não tinha vergonha?

"Eu estava pensando em você", disse Joyce ao se levantar e caminhar até sua colega de quarto, que estava congelada bem no meio da porta.

"Você estava?" Vicky respondeu.

Suas bochechas ficaram vermelhas.

Que tipo de resposta foi essa?

Ela não conseguia pensar com clareza.

"Eu estava pensando que minha boceta se sentia tão sozinha", disse Joyce, enrolando uma mecha do cabelo de Vicky.

Seu aperto mudou para o pescoço de Vicky.

"Ele está triste e precisa se animar."

O simbolismo da mão em seu pescoço era claro e o coração de Vicky disparou enquanto ela observava sua colega de quarto subir na saia e começar a trabalhar.

Ele começou a ficar excitado quando ela tirou os dedos molhados e os levou aos lábios de Vicky.

Ele não deveria fazer isso, Vicky disse a si mesma, mesmo quando seus lábios se separaram e chuparam o dedo oferecido por sua camada de ácido.

"Você está com muitas roupas", disse Joyce enquanto tirava as roupas da colega de quarto, deixando-a apenas com um par de meias.

Acho que é isso, Vicky pensou consigo mesma.

Agora é quando fazemos amor.

"Achei que poderíamos jogar um jogo diferente hoje", disse Joyce enquanto tirava o lenço do pescoço e o prendia na cabeça de Vicky, transformando-o em uma bandagem improvisada.

"Você fez um bom trabalho lambendo minha boceta ontem", disse Joyce, enquanto levava Vicky para sua mesa. "Mas hoje vou mostrar o que eu realmente gosto."

Com um sorriso torto, Joyce estendeu a mão e girou a barra da cortina da janela.

Seu ângulo agora permitia que a garota visse o quarto à sua frente e qualquer pessoa que estivesse olhando pela janela poderia vê-los.

As narinas dilataram-se e ele se aproximou mais da parede.

Ela tinha certeza de que ninguém conseguia ver nada acima de sua cintura.

Mas pobre Vicky.

Vicky estava bem à vista.

"Começa com os meus pés", disse Joyce, levando um pé aos lábios de Vicky.

Rindo, mas retirando o pé ao toque de seus lábios e ao hálito quente de sua colega de quarto.

"Isso faz cócegas."

E a partir daí naquele dia tudo foram aulas.

Vicky aprendeu a chupar os pés.

Para lamber um ao outro.

Beije panturrilhas e joelhos.

Corte entre as coxas estendidas.

Respire seu hálito quente no sexo de Joyce.

Beije os lábios ... lá embaixo.

Lamba o sulco.

Trabalhe o clitóris de seu colega de quarto até o clímax com a língua.

Passe suavemente a língua sobre o clitóris.

Acaricie os mamilos duros com as mãos livres.

Acaricie tudo.

Trabalhando a língua mais rápido quando Joyce estava prestes a gozar e diminuindo a velocidade quando a garota saiu de seu orgasmo.

Vicky ouviu Joyce se mover novamente e se perguntou se era sua vez de fazer amor.

Mas Joyce tinha outros planos.

"Aproxime-se", disse Joyce, agora de frente para a mesa e inclinando-se para a frente. "Tenho uma surpresa para você".

Vicky se inclinou mais perto enquanto sua sobrancelha franzia em preocupação.

Que tipo de surpresa Joyce tinha em mente para ela?

Quando ele se aproximou, não havia dúvida do que Joyce estava oferecendo ao se virar e se curvar.

Sua bela bunda tonificada.

Naquele momento, Joyce se virou e agarrou o rabo de cavalo de Vicky e apertou com força.

"Lamba," Joyce rosnou trazendo a cabeça de Vicky para mais perto de sua virilha.

Foi uma ordem.

Com um estremecimento, Vicky deu um miado suave de desespero.

Isso não parecia totalmente justo, já que ela havia lambido esse mesmo lugar na noite anterior.

Mas se ela não estivesse mais tão animada, ela certamente teria recusado.

No entanto, já fazia o que parecia uma hora fazendo Joyce gozar e ela ainda não tinha.

Ela não queria estragar as coisas antes de chegar sua vez.

Sua língua deslizou de entre seus lábios e seu ânus e começou a lamber.

"Mmmmmmm ..." Joyce gemeu enquanto acariciava seu clitóris com os dedos e apreciava as sensações de seu traseiro. "Boa menina."

"Você é uma vadia suja", Joyce arfou. "Você sabe?"

Com a boca ocupada de outra forma, Vicky gemeu em resposta.

Joyce se esfregou mais rápido, o torso apoiado na mesa, pois o braço esquerdo não conseguia suportar seu peso.

Oh merda!

E o próximo orgasmo a rasgou como um incêndio.

"Levante-se e espere aqui", disse Joyce assim que voltou do orgasmo.

Ela tirou a escova de dentes de Vicky de sua bolsa de higiene.

Um pequeno suspiro escapou dos lábios de Vicky quando ela ouviu o zumbido familiar tão perto de seu ouvido.

Joyce brincou com sua colega de quarto, passando sua cabeça vibrante sobre as zonas erógenas de Vicky.

O corpo de Vicky tremia toda vez que ela sentia a cabeça zumbindo tocar seu sexo ...

A sensação era muito intensa, ainda mais porque ele ainda estava com a venda e não podia se preparar para o contato.

No entanto, a cada toque, seu corpo tremia cada vez menos enquanto ele se aclimatava.

"Você escovou esta manhã?" Joyce brincou, enquanto tocava a cabeça da escova de dentes na boca de Vicky.

"Sim ..." Vicky conseguiu dizer, virando a cabeça para evitar que a escova encharcada de sexo entrasse em sua boca.

"Vamos," Joyce pediu, alternando entre provocar a boceta de Vicky e tentar passar a escova na boca firmemente fechada da garota.

A emoção do poder a estava esquentando novamente.

"Vamos. Você sabe que quer. A higiene bucal é muito importante ... Eu também sei onde sua boca esteve. Precisa de uma boa limpeza."

"Não," Vicky engasgou, seus lábios pressionados com força.

Ele havia desistido de virar a cabeça e agora a escova de dentes zumbia entre seus lábios e vibrava contra seus dentes.

Ele podia sentir o cheiro almiscarado de seu sexo na escova.

Ela não poderia fazer isso.

Ela ... seus dentes se separaram.

Eu podia sentir o gosto de seus sucos misturados com hortelã.

"Abra-o totalmente." Joyce disse.

Vicky abriu a boca.

Deus, foi tão humilhante.

Ela se sentiu tão desamparada quando sua colega de quarto passou a escova em seus dentes e língua.

Joyce abaixou a escova novamente e calculou o sexo da colega de quarto.

Fazendo a garota entrar em frenesi mais uma vez.

"Fique de joelhos de novo", ordenou Joyce.

Com as bochechas ficando vermelhas de raiva, Vicky nunca se sentiu mais subjugada do que quando se ajoelhou e sua colega de quarto continuou a escová-la e provocá-la.

"Vou enfiar nessa sua boceta", brincou Joyce. "Não, vire-se dessa vez. Estilo cachorrinho com certeza você gosta de foder, vadia magrinha."

Vicky corou ainda mais quando ela se virou e tentou rolar sua bunda para trás na escova vibratória para fazê-lo tocar seu clitóris.

No entanto, ele estava muito chapado, realmente batendo na bunda dela.

E Joyce não estava cooperando.

"Você quer, venha e pegue", Joyce riu. "Vamos lá. Mais alto ... mais alto ..."

Pobre Vicky foi forçada a se levantar em suas mãos e joelhos ...

Ele estava quase em pé, mas agora apoiava a parte superior do corpo com as mãos no chão.

Não era confortável ... não por muito tempo.

Mas ela não teria que se sentir desconfortável por muito tempo, já que a escova a trouxe quase ao clímax.

Apenas um pequeno toque em seu clitóris e explodiria como um foguete.

"A boca de novo", disse Joyce, quando detectou o tremor na espinha de sua colega de quarto.

"Por favor ..." Vicky gemeu, ignorando a ordem, empurrando-se cada vez mais forte, na ponta dos pés.

Ele estava perto demais para parar de tentar agora.

"Eu disse boca," a voz de Joyce assumiu um tom áspero enquanto ela tirava a escova.

Com um gemido desapontado, Vicky rolou, ajoelhando-se rapidamente.

A escova de dentes não parava de tocar, mas em vez de escovar os dentes desta vez, ele a deixou sugando o suco da cabeça da escova.

"Vadia pervertida", disse Joyce. "Você está ficando bom nisso. Agora, vire-se novamente e tente gozar."

Vicky não precisava ouvir duas vezes.

Ele se virou e procurou o contato com a escova mais uma vez.

Ela ainda estava com os olhos vendados, então não sabia que Joyce estava empurrando a escova toda vez que se aproximava.

Fazendo-a trabalhar por isso.

Arqueamento das costas.

Quadris olhando.

Pernas tremendo.

Até que ele finalmente fez contato.

"Oh merda ..." Vicky gemeu.

Não pensei mais em como parecia constrangedor.

Ela era como um animal.

Seu corpo queria se libertar ... ele precisava disso.

"Porra ... porra ... meu Deus ... meu Deus ..." Vicky gritou em um tom agudo e sem fôlego.

Mais e mais rápido ela gemeu.

Leite quente derramou sobre suas pernas.

CAPÍTULO 9

A princípio Joyce pensou que sua colega de quarto tinha ficado brava, mas então percebeu que havia chegado.

Uau, vamos.

Joyce sorriu e girou a barra para que as cortinas fechassem.

"Você pode tirar a venda agora", disse ela para a forma prostrada de sua colega de quarto, deitada exausta no chão de ladrilhos, quase chafurdando em seus próprios sucos copiosos.

Vicky removeu a venda, mas não teve energia para se levantar do chão.

Ele duvidava que pudesse fazer isso.

Mas menos de um minuto depois, ela ficou fria e envergonhada com a exibição que estava fazendo enquanto estava nua no chão de ladrilhos frio.

Se ela soubesse disso, no quarto do outro lado da janela, eles tinham visto muito mais do que isso.

A maioria se virou com nojo.

Alguns tiraram fotos para ver mais tarde.

Mas alguns assistiram até o fim.

Ele desligou as luzes e todos os seus clitóris ansiosos.

Mantendo a imagem da garota em suas mentes.

Determinando que, se surgisse a oportunidade, iriam querer brincar com aquele cuzinho e essa bucetinha também.

Uma dessas meninas perguntou à sua colega de quarto:

"Ela me parece familiar. Você a viu em alguma de suas aulas?"

"Não, mas eu vi quando passo pela aula de informática," disse o outro. "Ela é uma espécie de nerd de computador."

"Que dia e que horas?"

"Amanhã às três da tarde"

"Aposto que se a levarmos a algum lugar, ela fará o que quisermos."

"E eu quero fazer muitas coisas divertidas com ela." Ele disse enquanto chupava o suco de seus dedos.

"Eu também." Disse o outro chupando um dedo.

"Pode ficar barulhento."

"Então vamos levá-la para o nosso quarto."

"Você acha que ela virá?"

A outra garota pegou uma escova de dentes elétrica e ligou-a.

Seus olhos brilharam no escuro.

"Oh, tenho a sensação de que ele vai se eu mostrar isso a ele. Além disso, tirei algumas fotos e aposto que ele não as quer distribuídas pelo campus."

FIM

DEPOIS DA AULA
DE
ERIKA SANDERS

CAPÍTULO 1

Sou instrutor de dança moderna e um novo casal apareceu em minha aula de dança algumas semanas atrás.

Eles eram a imagem absoluta do estado físico das pistas de esqui, o tipo de pessoa que dita o ritmo em resorts como os suíços.

Eu logo descobri que ambos eram esquiadores competitivos e estavam tendo minhas aulas de dança avançada como parte de seu regime para ficar em forma para os rigores da próxima temporada de esqui de inverno.

Falei com eles brevemente algumas vezes e descobri que eram casados.

O marido era muito bonito, mas ele era um verdadeiro idiota.

O tipo de garoto que fora capitão disso e do capitão desde o colegial, e tudo o que lhe veio à cabeça.

Um idiota bonito, mas arrogante, que pensava que era uma dádiva de Deus para as mulheres.

Mas a esposa era outra coisa.

Ela era doce e educada, até um pouco tímida e recatada.

E, no entanto, ela era um espécime tão perfeito quanto o marido, uma verdadeira beleza.

Mas de alguma forma parecia que não tinha subido à sua cabeça.

Naturalmente, sendo uma mulher gay, concentrei minha atenção nela.

Essa esquiadora alta e incrivelmente em forma me dava um pouco de formigamento toda vez que entrava na minha aula de dança.

E vestido como eu estava com sua malha justa, meus joelhos fraquejaram.

A única decepção foi que ela estava sempre acompanhada pelo idiota do marido.

Enquanto Stella, esse era o nome dela, ela era docemente tímida, havia também um brilho ou brilho erótico muito perceptível nela, pelo menos era assim que parecia.

Além disso, havia algo sobre a maneira como ele se movia.

Stella, uma dançarina nata, tinha a graça física de um gato bem estilizado.

Uma loira legal com grandes olhos castanhos, ela tinha as sardas mais fofas do rosto que eu já tinha visto.

Acho que não teria ficado atraído e intrigado por ela onde quer que a tivesse visto, mas em uma aula de dança tudo se destaca.

Mulheres vestidas de legging ou meia-calça, seus corpos cobertos pelo brilho do suor que vem da dança vigorosa.

Para muitos, todo o ambiente cheira a sexo.

Embora eu apreciasse um homem atraente, um corpo masculino bem esculpido, em forma e elegante, esses corpos não me disseram nada, sexualmente falando.

Mas era uma história completamente diferente com meus alunos.

Foi quando comecei a dar aulas de dança moderna avançada e balé, que vendo todas aquelas mulheres em forma e atraentes, fiquei cada vez mais animado, cada vez mais promíscuo.

Eu escolheria uma ou duas beldades da minha aula e fantasiaria com elas.

E poucas mulheres despertavam mais fantasias eróticas febris em minha cabeça do que a adorável e sexy Stella.

Comecei a sonhar acordado com essa mulher alta, jovem e atlética.

Com a cintura fina, com a barriga dura da tábua de passar, com seus seios lindos e as pernas que sempre olhavam para eles quando ela ia se trocar.

E quando uma vez a vi nua no vestiário após o banho, minha cabeça, quase literalmente, começou a girar.

Eu estava tão animado.

CAPÍTULO 2

E uma noite Stella veio para a aula sozinha, sem o marido.

Eu estava nervoso, embora não soubesse exatamente o porquê.

Eu tinha conversado um pouco com ela, mas nunca houve qualquer sinal de que ela pudesse ser mais do que um objeto de fantasia para mim.

Ainda assim, foi ótimo vê-la ali sem seu esposo.

"Oi," eu disse no vestiário quando a vi se secar após o banho.

Naturalmente, vendo-a naquele estado, eu tive que me conter.

"Onde está seu marido esta noite?"

"Oh, ele teve que fazer uma viagem, pois está apoiando alguns resorts de esqui", disse ele.

Ela olhou para mim como se quisesse dizer algo mais.

"Posso te perguntar uma coisa?" ela finalmente disse. "Espero não ser presunçoso, e que você não fique bravo. Eu posso estar inventando isso. Mas notei que você estava olhando para mim. E você está olhando para mim de uma maneira especial. muito. Mas eu pensei que deveria perguntar ... "

Ela olhou para baixo timidamente, tendo problemas para continuar.

"Vá em frente", eu insisti.

"Bem, eu estava pensando se talvez você estivesse, oh, é tão difícil para mim dizer isso, eu estava pensando se talvez você estivesse atraído por mulheres."

Respirei fundo, imaginando como responder.

Fiquei um pouco surpresa por ela ter notado isso em mim, detectando que havia algo sexual na maneira como eu a olhava.

Embora muitas vezes eu me sentisse assim em relação a algumas mulheres da classe, fiz o meu melhor para não revelar isso, para permanecer profissional e não agir como se estivessem se passando por mim ou algo assim.

Mas também estava animado porque tudo isso viria à tona.

"Bem, na verdade me sinto atraído por mulheres", confessei.

"Você não é gay, é?" ela perguntou.

"Eu sou gay", eu disse sem rodeios.

"E você já pensou nessas coisas?" Eu perguntei, tentando ser discreta, mas certificando-me de que essa conversa fosse na direção que eu queria. "Você tem alguma atração sexual por mulheres?"

"Bem, como você pode ver, sou casada, sou heterossexual e tudo isso. Mas sempre quis tentar ser íntimo de uma mulher e ver o que era aquilo."

Ela não poderia ter sido mais franca, uma expressão de desejo em seu rosto.

"Você acha que poderia me ensinar? Afinal, você é meu professor de dança, talvez possa me instruir em algum outro tipo de atividade física vigorosa, como posso dizer?"

Ela respirou fundo.

Acho que ela ficou surpresa consigo mesma por ser tão direta, quase atrevida quanto era.

"Talvez eu possa", eu disse enquanto nos olhamos corajosamente.

Ele estava falando de sonhos tornados realidade!

Claro, o mais surpreendente sobre tudo isso é que estávamos tendo essa conversa enquanto ela estava nua.

Fui visitá-la no vestiário logo depois que ela tomou banho e estava secando.

E esse era o estado em que ele estava quando falou comigo sobre a possibilidade de eu apresentá-lo às alegrias do sexo feminino.

Agora, olhando em volta para ter certeza de que não havia outras mulheres à vista, deslizei minha mão entre as pernas de Stella e a apertei gentilmente.

Ela fechou os olhos e suspirou quando sentiu isso.

"Vou fazer você se sentir muito, muito bem, Stella", sussurrei. "Isso, eu posso prometer."

"Oh, eu realmente espero que sim!" disse ele com nostalgia, ternura e expectativa na voz.

"Eu vou," eu disse, inclinando-me para lhe dar um beijo suave.

"Sabe, podemos ir para minha casa", disse ela, "como eu disse, meu marido está fora da cidade."

"Eu adoraria ir para casa com você. Mas primeiro deixe-me entrar e tomar banho. Foi um trabalho árduo esta noite. Você já é legal e limpa, mas ainda estou toda pegajosa e suada".

"Oh, por favor, fique assim, do jeito que você está", disse ele, puxando meu braço. "Eu adoraria que você continuasse do jeito que está. Quando você está ensinando, eu vejo você suar e vejo manchas debaixo dos braços e o filme de suor nas costas quando você se vira. De alguma forma, vendo como você gosta de tudo isso Estou muito animada. "

Stella era tão bonita e eu tinha um certo fetiche pelo meu suor.

Hmmmmm?

Comecei a ter esperanças com ela.

"Muito bem", eu disse. "Eu vou com todo o bom, suado e cheiros".

CAPÍTULO 3

Quando entramos na casa dela, ela já estava comigo.

Já que esta seria sua primeira vez com uma mulher, eu esperava que ele hesitasse um pouco.

Mas isso não era verdade.

Ela já estava inflamada com um desejo aparentemente insaciável quando entramos pela porta.

Ela me abraçou com tanta força e beijou-me com tanta força, seus lábios entreabertos, sua língua atirando em minha boca, que pensei que ela fosse tirar meu fôlego.

E a maneira como ele olhou nos meus olhos quando me abraçou, se rendendo a mim, era como se ele precisasse de carinho tanto quanto qualquer outra coisa.

Eu conhecia esse sentimento.

Peguei sua mão e pedi que me levasse para seu quarto.

Lá, nós rapidamente removemos nossas roupas, ambos sem fôlego de excitação.

Seus olhos castanhos palpitavam, brilhavam de desejo.

Eu gentilmente a empurrei para a cama e me aninhei ao lado dela.

Novamente nos beijamos profundamente, ternamente, nossas mãos deslizando suavemente sobre os corpos um do outro.

Ela abriu as pernas enquanto meus dedos desciam sobre seu estômago.

Ela estava pronta!

Quando toquei sua boceta, notei que ela já estava completamente molhada lá em baixo.

"Eu vou fazer você se sentir tão bem!" Eu sussurrei para ele.

Eu lentamente movi meus lábios para seu pescoço.

Ela cheirava muito doce depois do banho e sua pele era macia e sedosa.

Quando meus lábios se moveram para seus seios, ela gemeu tão ansiosamente que quase quebrou meu coração.

Ela tinha seios bonitos e pequenos mamilos escuros, um estranho contraste com a pele pálida.

Eu a atormentava, lentamente beijando e lambendo cada centímetro de cada um de seus seios e chupando os mamilos.

Sua respiração estava pesada agora enquanto eu pressionava minha cabeça contra seus seios.

"Sim Sim!" murmurou ela, os olhos bem fechados, o rosto numa careta que quase parecia dor, mas que ela sabia era a necessidade intensa de se satisfazer, dominada pelo carinho e pelas alegrias de novos prazeres.

Meus lábios se moveram para baixo quando eu lambi seu umbigo, depois para mais longe quando senti os cachos de seus pelos pubianos contra meus lábios.

"Ohhh!" ela ofegou incontrolavelmente.

Agora ele estava entre suas pernas, olhando para sua boceta.

Ela também tinha uma buceta fofa, muito pequena, com lábios perfeitamente gravados.

E na fenda estava seu clitóris, brilhante e redondo como uma ervilha-doce.

Eu beijei aquela ervilha sensível com muita delicadeza e quando o fiz, seu corpo inteiro tremeu.

"Oh sim, sim!" ele murmurou, seus desejos finalmente sendo realizados.

Eu brinquei com ela agora.

Eu o devorei, eu o consumi!

Ele estava pressionando a pélvis dela contra minha língua inquisitiva, implorando por ela!

Desesperado por isso!

"Oh ... é tão bom ... e é tão bom!" ela ofegou.

Mostrei meu domínio da língua cunnilingue até que literalmente explodiu sob as carícias dos meus lábios e língua, em um clímax abrasador que a dominou e a devorou.

CAPÍTULO 4

Voltei para o rosto dela e nos beijamos, Stella saboreando a umidade de sua própria boceta em meus lábios.

"Isso foi inacreditável. Nunca me senti tão bem!" Ela disse, balançando a cabeça com espanto, os olhos arregalados ao reconhecer que havia sido levada a uma nova altura de prazer.

Seu marido parecia tão robusto e masculino.

Mas esses caras vaidosos e egoístas costumam ser amantes ruins.

Como muitas outras mulheres muito atraentes, Stella pode ter experimentado muito menos prazer em sua vida sexual do que qualquer um esperaria apenas por causa de sua beleza e seu óbvio apelo sexual.

"Isso foi bom, fazendo você se sentir tão bem", eu disse, beijando-a.

Seus lábios se separaram quando ele tocou os meus, nossas línguas procurando, nosso hálito doce, quente e íntimo.

"Agora eu quero fazer amor com você", disse ela animadamente.

Mulheres heterossexuais fazendo isso pela primeira vez com outras mulheres, é isso que elas realmente desejam.

Os homens geralmente comem muito suas bucetas.

Mas eles estão intensamente interessados em testar a buceta de outra mulher.

Como ele me implorou, evitei tomar banho e todo o meu corpo ainda estava pegajoso de suor.

Normalmente isso teria me deixado um pouco constrangido em uma situação tão íntima, especialmente com um novo amante, mas é assim que Stella me queria, encharcado de suor, fedido e sujo.

Agora ela me surpreendeu levantando meu braço e me lambendo ali, onde era especialmente úmido e salgado.

Esta foi a primeira vez.

Ninguém tinha lambido minha axila antes, toda suada e fedorenta como estava.

Ela realmente me deu um gole lá, ávida pelo gosto do meu suor.

Quando ele lavou bem, ele abaixou o braço, mudou-se para o outro.

Então agora ele passou a língua por todo o meu corpo, beijando e lambendo-me com uma paixão crua e faminta que foi uma revelação para mim.

Eu pensei que estava começando a entender algo sobre ela.

O primeiro sinal foi sua timidez, a maneira como me olhava humildemente quando me perguntava alguma coisa.

E então aquele olhar ansioso, quase submisso, em seus olhos.

E me pedindo para não tomar banho, ficar suada e suja.

Eu sabia o suficiente sobre vários tipos de gostos pervertidos no sexo e intimidade para saber que esses eram sinais de comportamento de submissão sexual, de querer "adorar" o corpo de um amante.

Esta foi a primeira vez para mim, não apenas para estar com um amante passivo como esse, mas para ela ser uma mulher bonita que gosta de sexo com outra mulher pela primeira vez.

Ele nunca tinha estado com uma mulher que nunca tivesse feito sexo com outra mulher.

Ele deslizou a língua pelas minhas pernas até chegar ao pé.

Então ele respirou fundo e consumiu cada centímetro dos meus pés, lambendo a planta dos meus pés, chupando cada um dos meus dedos.

E então, finalmente, ele abriu minhas pernas e colocou o rosto entre elas, prestes a me lamber.

Mas eu a parei.

"Você sabe onde eu estou realmente suado e pegajoso?" Eu lhe perguntei.

"Lugar algum?" ela disse, ofegando baixinho, despertando servidão em seus olhos.

"Bem ali," eu disse a ele, virando minha barriga e apontando entre minhas nádegas. "Bem ali".

"Oh, Deus!" ela engasgou quando percebeu o que eu estava oferecendo a ela ... minha bunda.

"Entre e aproveite", eu disse, me abrindo para ela.

Eu mal podia esperar enquanto ele enterrava seu rosto na fenda molhada entre minhas nádegas, lambendo aquele vinco quente e salobro, suas bochechas macias esfregando contra minhas nádegas pegajosas.

"Peça-me para fazer isso", ele implorou. "Me faça fazer isso."

Então era verdade, havia um lado submisso de Stella.

"Lamba minha bunda!" Eu gritei "Lamber! Lamber meu ânus suado, cadela! Mostre-me o quanto você ama essa putinha!"

Estendi a mão para pressionar seu rosto com força entre minhas nádegas enquanto ele sondava com a língua.

"Estou toda suada de toda aquela dança vigorosa e você está lambendo e amando, certo?" Disse.

"Sim, sim ..." ela disse.

"Sim que?" Eu perguntei.

"Sim, eu adoro lamber seu suado ... você ..." ela hesitou, incapaz de pronunciar as palavras.

"Meu ânus suado!" Disse.

"Sim, sim ... sua bunda! Seu suado ... uh ... uh ... buraco!" Ela ofegou, voltando para ela.

Só ela usou a palavra 'buraco' e disse que estava tão empolgada que me disse algo.

Pensei em tentar outra coisa agora, então a afastei de mim e sentei na beira da cama.

"Fique de joelhos e com as mãos no chão agora, cadela!" eu gritei.

Ela ficou ansiosamente de joelhos, mostrando-me sua bunda.

Eu olhei para sua bunda deliciosa, a pele esticada sobre suas nádegas firmes.

"Você é uma garota desagradável, não é? Implorando para lamber meus pés suados e minha bunda salgada" Eu ri.

"Sim, sim, sou desagradável, sou mau!" ela disse, virando-se para olhar para mim com um olhar manso, mas profundamente ansioso.

"Garotas más precisam ser punidas", eu disse enquanto colocava minha mão em suas nádegas e começava a espancá-la.

"Oh sim, sim, sim!" ela disse, incapaz de conter sua emoção com a realização de uma fantasia óbvia.

Fiquei surpreso com o que ele estava fazendo: batendo no traseiro perfeito de uma bela jovem esposa que estava de joelhos.

O caminho para a infidelidade pode levar a todo tipo de reviravoltas, você deve estar pensando.

Depois que suas duas nádegas estavam atraentemente rosadas, voltei para a cama e abri minhas pernas.

"Agora você pode lamber minha boceta", eu disse, apontando para ele. "Aqui depende de você me adorar agora."

Ele olhou para aquilo como se fosse a coisa mais linda que ele já tinha visto.

O que, na época, poderia muito bem ter sido.

Como mencionei, tenho um emaranhado denso e espesso de pelos púbicos entre as pernas, então naturalmente, quando danço e suo, meu arbusto púbico quase age como uma esponja, absorvendo o suor.

E, com a minha intensa excitação adicionada a isso, eu me encharquei lá como nunca pensei ter feito antes.

"Vá em frente, chupe o suor do meu cabelo", eu disse, pressionando sua cabeça firmemente.

Ele pegou partes dos meus pelos pubianos entre os lábios e os chupou como se estivesse chupando suco de manga.

Então ele cavou mais fundo, lambendo minha boceta excitada e suada.

Ela estava crua e desconfortável e um pouco irregular em seus movimentos.

Em parte, essa era a empolgação, e em parte era apenas porque ela era uma novata no que estava fazendo.

Mas havia algo emocionante sobre a maneira estranha como ele me lambeu ali e isso, mais do que sua técnica, foi o que me excitou tanto agora.

Eu estava quase fora de controle lambendo minha buceta.

Era como se ele quisesse se perder ali, enterrar o rosto em toda aquela carne ... salgada e molhada ... ficar lá para sempre.

Eu a deixei se aquecer em minha umidade até que finalmente, muitos minutos depois, senti aquela onda de prazer elétrico quando ela finalmente me trouxe ao clímax.

"Como foi? Eu me saí bem?" ela perguntou.

"Stella estava bem", eu disse a ela.

"Não, não foi. Eu nunca fiz isso, ainda não sei como", ele insistiu.

Acariciei seu cabelo gentilmente.

"Você estava bem, Stella. É como você disse, você é nova nisso. Mas você me fez ter um orgasmo. Isso não te diz algo?"

"Você ... você será minha professora de sexo com mulheres?" Ele perguntou com olhos suplicantes.

"Claro Stella, eu serei sua professora", eu disse de forma tranquilizadora.

"Oh, Deus!" ela disse como uma menina. "Agora eu não vou apenas ter aulas de dança com você."

"Não, você vai estudar cunilíngua para iniciante, intermediário e avançado. E quando eu terminar, você estará pronto para encontrar seus próprios iniciantes."

Um sorriso de satisfação lasciva apareceu em seu rosto.

"Agora, se você me der licença, preciso usar o banheiro."

De repente, seus olhos brilharam.

"A sério ?!"

"Sim, isso mesmo", disse eu, mas não pude deixar de notar o interesse de Stella em ouvir essa notícia tão prosaica, mas sua empolgação.

"Uhmm, posso entrar com você e- e- veja?" ela gaguejou.

"Você quer me ver usar o banheiro?" Eu investiguei.

"Uh huh" ela sussurrou, quase sem fôlego de excitação nervosa.

"Me vê fazer xixi?"

"Oh sim."

Mas urinar não era a única coisa que ele precisava fazer.

"Olha como eu cago também?"

Os olhos dela se arregalaram; ela quase engasgou.

"Oh Deus, sim!" Ela exclamou.

CAPÍTULO 5

Eu joguei alguns jogos de urina com uma mulher uma vez.

Mas isso era novo, isso era diferente.

Mas, por alguma razão, de repente me excitei.

Talvez fosse apenas Stella, esta bela jovem esposa com seus desejos estranhos.

Ou talvez uma nova luxúria que eu nunca soube que tinha estava desencadeando em mim.

"Onde é o seu banheiro?" Eu perguntei e a segui até lá, Stella estava tão animada que eu podia ouvi-la respirar na minha frente.

Eu deixei minha bunda sexy e nua no assento do vaso sanitário e abri minhas pernas provocativamente enquanto Stella se ajoelhava, olhos arregalados, sem piscar.

"O que você quer me ver fazer agora?" Eu ronronei zombeteiramente.

"Pee", ela sussurrou. Achei que podia ouvir seu coração bater.

"Assim", disse eu, quando comecei a urinar, uma forte corrente saiu da minha cova enquanto mantive os lábios entreabertos para ter uma visão perfeita.

"Oh, meu Deus!" ela engasgou, quase tremendo, e eu sabia que era um sonho tornado realidade para ela.

Ela provavelmente estava cuidando de tais fetiches, lambendo a boceta e a bunda suada de outra mulher, submetendo-se à disciplina de outra mulher, e agora de repente revelaram um desejo de ir ao banheiro.

"Posso sentir-lo?" Ele perguntou, olhando para mim com olhos suplicantes e expectantes, estendendo a mão, querendo abaixá-la sob o meu fluxo, sob o fluxo dourado da urina.

"Claro," eu disse gentilmente, permitindo a ela.

Ele deslizou a mão por baixo, palma para cima e agora estava fazendo xixi nos dedos.

Ele segurou aquela mão, coletou minha urina e levou-a à boca com prazer.

"Stella," eu disse, abaixando minha mão e colocando uma mão atrás de sua cabeça, puxando-a para mais perto, "vá em frente e beba direto da fonte."

Olhos brilhando de excitação sem fôlego, ele abriu a boca logo abaixo da minha fenda enquanto eu urinava entre seus lábios, desejando o néctar.

"Você ama minha urina, certo?"

Ela assentiu, bebendo, observando o xixi com os cantos dos lábios.

Eu tinha muito desejo acumulado.

Na verdade, quando entramos em sua casa, ele pretendia usar o banheiro, fazer xixi e cagar, e talvez perguntar de novo se ele queria tomar um banho antes de entrar em alguma coisa.

Mas Stella não me deixou fazer nada disso colocando suas mãos ansiosas em mim assim que entramos.

Finalmente, o fluxo tornou-se um fio.

"E agora eu acho que você sabe o que tenho que fazer a seguir", eu disse, brincando.

"Uh sim", ela disse, ainda sem fôlego, engolindo, "Merda, merda!"

"Sim, merda, Stella, merda só para você!"

Eu podia sentir o quão cheio estava dentro e estava pronto para ir, quando Stella me parou com um olhar suplicante e uma mão na minha coxa.

Você se importaria de virar o assento do vaso sanitário para que eu possa vê-lo sair? "Ela perguntou, uma expressão quase dolorida no rosto.

Isso tudo era muito estranho, mas de repente muito atraente.

Eu sempre fui uma mulher experimental e desinibida, com gosto pelo estranho.

"Claro, sem problemas", eu disse, levantando minha bunda do assento do vaso sanitário, virando e montando em mim de costas para Stella.

E sabendo que eu queria especialmente vê-lo, não abaixei minha bunda até o assento do vaso sanitário e me sentei nele, mas em vez disso me agachei no vaso sanitário com meu ânus ainda suado (e bem lambido) vívida e totalmente exposto à vista dele.

Nunca tive vergonha de usar o banheiro na frente de outra garota, talvez porque quando eu era jovem meus pais viveram na França por alguns anos e me mandaram para um internato onde nós, meninas, usávamos banheiros públicos.

Mas eu nunca estraguei tudo com o rosto de outra mulher a poucos centímetros do meu ânus antes, olhando para a frente!

"Aqui está", eu disse, um pouco surpreso com tudo isso, com o que estava prestes a fazer.

E então comecei a expulsar o que eu podia sentir que era uma pedra de merda realmente grande.

Seria um daqueles montes de merda.

Fiquei feliz e tive a sensação de que Stella, ajoelhada atrás de mim e assistindo, também estava feliz.

Quando meu ânus dilatou e merda começou a sair, e o marrom apareceu vividamente, Stella simplesmente engasgou de espanto, como se de repente estivesse olhando para alguma maravilha da natureza.

E talvez para ela minha merda fosse essa.

"Tão linda", ele sussurrou, ternura em sua voz enquanto sorria.

"Você acha que minha merda é linda?" Eu disse enquanto continuava a cagar.

"Oh sim!" ela disse com entusiasmo: "Me excita muito vê-la, vê-la sair da sua bunda, ver você levar uma merda. Umm, posso tocá-la?"

"Você quer tocar minha merda", eu disse maravilhada, o longo registro continuava saindo.

"Sim, sim, eu quero tocá-la."

"Bem, vá em frente e jogue-o então" eu a incitei.

Eu podia olhar no espelho que ela tinha encostado na parede e lá ver ao meu lado.

Eu vi Stella atrás de mim, esticando os dedos timidamente, vi o tronco marrom emergindo da minha bunda, espantado com o quão grande e vívido parecia daquele ângulo.

E então Stella o tocou, deslizando lentamente as pontas dos dedos para cima e para baixo ao longo da grande e gordurosa pilha de pedras marrom.

Ela não disse nada.

Mas seus olhos estavam arregalados, hipnotizados.

"Você ... você acha que eu poderia lamber também?" ele perguntou quase suplicante, sua voz falhando.

Eu tinha acabado de abrir minha boca para tirar minha urina, então não fiquei completamente surpresa com esse pedido.

"Claro Stella, vá em frente e lamba, lamba minha merda", eu disse, corajosa em minha voz, insistindo com ela. "Vá em frente, lamba aquele monte de pedras, quente e fresco saindo do forno."

Empolgada, ela inclinou o rosto para mais perto e agora arrastava a língua para onde havia arrastado os dedos alguns momentos atrás.

E eu também podia sentir a língua enquanto ela circulava a borda dilatada do meu ânus, exatamente onde a merda estava saindo.

Stella lambendo seu ânus e cagando com movimentos ansiosos de sua língua.

Enquanto eu continuava cagando, ela continuou lambendo minha merda com a língua até finalmente esvaziar meu intestino, espremendo mais alguns marcos depois daquele primeiro, Stella avidamente lambendo cada um deles quando saiu de mim.

Ele até passou os lábios ao redor do último quando eu o empurrei, dando-lhe alguma sucção, como se você chupasse um vibrador amarrado a uma garota.

Esta jovem esposa, tão tímida no início e ainda assim tão animada, provou ser uma mulher muito suja e eu não pude deixar de me lembrar disso.

"De joelhos, chupando minha merda, se apenas os outros pudessem ver você."

"Oh Deus! Nem diga isso," ela engasgou, corando, então rindo como uma estudante ligeiramente culpada, mas felizmente malvada, compartilhando um segredo com outra.

Eu terminei de usar o banheiro, terminei de urinar e cagar, peguei o rolo de papel higiênico.

Mas Stella gentilmente agarrou meu pulso e me parou.

"Deixe-me lamber você limpo", disse ele, "posso?"

"Claro que você pode", eu disse, levantando-me do banheiro como Stella, de joelhos, levando seu belo tempo.

Ele passou muitos minutos lambendo para limpar meu arbusto pubiano encharcado de urina e minha boceta suada e depois meu ânus marrom pegajoso.

Finalmente, ela se levantou e olhou para mim, os olhos arregalados, quase em transe, o rosto bagunçado como o de uma garota descuidada, molhada com o meu xixi e manchada de marrom com merda.

Ela até colocava a língua para fora como uma colegial, timidamente mas um pouco obscena, deixando-me ver que ela estava coberta de marrom por causa da limpeza.

De alguma forma, ela parecia tão absoluta, deliciosamente desejável, desenfreada e recatada.

Uma beleza encantadora e feliz cujas depravações simples foram desencadeadas.

Essa expressão em seu rosto não tinha preço, assim como suas palavras seguintes, ditas com tanto amor.

"Beije-me, por favor, beije-me ..."

Ela estava me pedindo para beijá-la, beijá-la depois que ela me lambeu limpo, lambeu a urina da minha boceta e a merda do meu buraco.

Eu poderia fazer isso?

Saborear meu próprio desperdício nos lábios desta bela, em sua língua?

Eu me considerava uma mulher muito experiente, sedutora, sexualizada e desinibida.

Mas isso era novo para mim, definitivamente fora do comum.

Mas agora, olhando aqueles grandes olhos castanhos, encantados por aquele olhar terno, amoroso, ansioso, quase desesperado, eu não pude evitar.

Enquanto eu passava meus braços em volta dela, puxando seu corpo quente e macio para o meu, sentindo seus seios contra os meus enquanto eu pressionava meus lábios contra os dela e a beijava, beijava Stella.

Beijei-a apaixonadamente, abri a boca, rolei a língua, saboreei, saboreei o que ela excretou do meu corpo, a urina, a merda, o que Stella ansiava ansiosamente.

Compartilhando essa profunda intimidade que duas mulheres agora compartilham.

FIM